國境之北遇見愛

瑪亞納 著

目次

聽見無聲之聲

須文蔚（國立東華大學華文文學系教授）

有一種聲音，不以語言的方式存在，但感染力比文字還要強，年少時讀到曾國藩《求闕齋筆記》裡面的一句話：「一念不生謂之誠」，覺得有道理，但始終不通透。特別是台灣目前處在一種極度焦躁、忙碌與對立的社會氣氛中，我們每天感受到科技資訊的便利，我們每天不停的討論、溝通與承諾，但是我們不快樂，我們懷疑人生，我們對彼此不信任，我們在富裕中感到不安心。閱讀瑪亞納的新書《國境之北‧遇見愛》，回憶過往的教學與寫作的經驗，讓我有很深刻的體會：幸福生活來自真誠面對人生，不妨先讓自己處於安靜的狀態，追尋自我存在的價值，讓生命在沒有私心與正直的付出中，堅持真誠，會讓你更喜悅與充實。

二〇〇一年我在一個教會學校教書，第一次體悟到真誠與召喚的力量。那年我在外語學院開報導文學課，最後一排有個英文系的男孩，目光炯炯，樣貌清秀。他連著三週缺席，在出現時，依舊坐在老座位，披著袈紗，微笑著聽同學和我熱烈討論文學的社會責任和實踐。他出世的氣質，我入世的教材，顯得特別拉鋸。

下課後，法師前來施個禮，告訴我，因為讀台大法律系的妹妹出家，他送生活用品到寺院時，忍不住和副住持爭執，副住持很平和地解釋一切，問他：「如果你不能理解，要不要來打個禪七？」

他本來就出身於一個佛教家庭，又抱著挑戰的心情答應了，一面靜坐，一面默照，第四天突然全身振動，他心中沒有哀傷，卻止不住放聲大哭。禪七完畢，他便決定出家。

那一年的期末作業，他和一位同學一起採訪了七位修女與修道人，寫出了一篇〈地上行的天使〉，娓娓道出一群豆蔻年華的少女，或是青春正盛的青年，如何受到聖召，在無聲與無語的啟發下，把一生奉獻給天主、教義與世人的過程。

〈地上行的天使〉彷彿是一顆種子，跨越了宗教的藩籬，讓我認識到安靜的自省，會讓人能夠聽見一種召喚，走向無私的人生。十二年後，我和一群朋友合作寫作《台灣的臉孔：11位帶來愛、希望與勇氣的天使》，起心動念，就是想把在人煙罕至的偏鄉，或是乏人問津的藝術領域，或是有待開發教學現場，一群外國的傳道人、藝術家與慈善家以一生的青春，投身貧弱者照顧、傳統藝術保存、原住民文化傳承甚至生態保育工作。他們以樸素、滄桑與溫情的面容，在台灣人都不知道的小村莊中，以無比的堅持，傳達出一種跨越族群的愛。

捧讀瑪亞納的新作《國境之北・遇見愛》，讓我再一次聆聽到無聲之聲，感受了一個又一個真誠的故事，讓我忍著淚水，才能夠往下閱讀，才能追索她的哀傷、疼痛、懷疑與追尋。究竟是什麼樣的力量構成了這本動人的報導文學作品？我想核心應當是真誠，而透過追尋、感召與堅持三個歷程，構成了一部無比動人的作品。

面對生命的無情與殘酷，我們往往都選擇逃避與視而不見，瑪亞納則以細膩的文筆，帶領讀者貼近她婆婆、父親與國中同學的三場葬禮，體會人世無常的虛無感受，加上她的父親兩次入獄，家庭變故，使她無暇悠悠漫步在文學的道路上，甚至也無從沉澱心情於信仰中。五十歲的她開始寫散文，傳述聖母聖心會修道人的傳奇的同時，宛如展開一場奧德賽的追尋之旅，和我們一樣，她也曾流浪到精神生活匱乏的蠻荒世界，以為自己擁有的幸福足以抵抗親人離去的哀痛，能夠忽略自己遠離文學夢想的失落。但該來的還是會來，死亡與歲月的滄桑連番逼問她生命真諦的問題，讓她無從招架。

在懷疑、黑暗與苦痛中，瑪亞納選擇透過採訪與寫作，以澄靜的心意，在黑暗中探索光，她開始追憶童年往事，梳理母親的困頓、父親的波折、婆婆的體貼以及傳道人的堅持。讀者會在她追尋之路上，隨著她出走與復返，閱讀到人物深刻的心思，體會她幽微細膩的體悟。

《國境之北・遇見愛》講述了許多傳奇故事，需要讀者用心體會。我常會在課堂上提醒同學，淚水或歡笑帶來的感動是淺層的，文學與哲學往往追求更深層的觸動。瑪亞納選擇介紹聖母聖心會（Congregation of the Immaculate Heart of Mary, CICM）的神父、修士與傳道人的故事，無非告訴我們其中「感召」的力量。

一八六二年聖母聖心會成立於比利時魯汶近郊，以向中國傳教為目標。創會的神父南懷義到中國大陸未滿三年，就病逝於內蒙古，這似乎成為這個傳教團體苦難重重的象徵，傳道人在明清兩代殉教者，為數眾多，到了當代，一九四九年到一九五三年間，中國共產黨大舉逮捕外國傳教士，傳道人遭到逮捕、刑求、下獄、驅逐出境者，大有人在。但他們沒有放棄傳教的使命，在一九六〇年代來到貧困的台灣，其中石仁愛修女（sister Madeleine Severens，一九一八年～二〇一〇年六月四日）最為知名，在馬祖服務超過二十五年，馬祖人暱稱她為「姆姆」，超過五成的馬祖人是他接生的，人稱台灣的「德蕾莎修女」。

為什麼一群來自比利時的傳道人，願意將一生奉獻到異國？瑪亞納娓娓道出環繞在她童年與當下的傳道人，創辦老梅聖家堂的文懷德、巴昌明神父，重視特殊教育的潘爾溫神父，他們或者受到聖召，或者受到老神父的精神感召，於是來自越南的黃金晟神父，台灣本地的朱修華神父，與守護老教堂的教友郭霞媽媽，願意接續服務貧病的人們，讓一個老教堂能夠維繫不墜，真誠的心意就像一條繩子一樣，牢牢地將一群善良的人們，都牽引在相同的道路上。

《國境之北‧遇見愛》並不只講述愛，更把傳道人所遭遇的困頓與挫折，詳盡摹寫。台灣人無從經歷的文化大革命，老神父經歷過。文懷德神父曾遭拘留兩年，巴昌明神父更有六年的囚禁生涯，肉體的折磨，精神的壓迫，讓人驚心動魄。特別是文革時，紅衛兵逮捕巴昌明神父遊街，教友們一起加入鬥爭的行列，用語言污辱他，用皮鞭子抽打他，把他一路拖行到暗巷，才跪著求神父諒解，真是讓人感動。在台灣服務的期間，生活的清貧，騙徒的狡詐，信徒的星散，社區民眾的冷漠，都沒有澆熄傳道人的熱誠，甚至靜脈瘤爆開，讓野狗咬了，神父依舊不顧流血，繼續傳道或服務，他們以行動展現了大愛與真誠。

這不但是一本見證了聖召奇蹟的書籍，更是見證台灣社會中，一群善良、浪漫與無懼的傳道人與信徒，他們堅持實踐誠意的故事。我讀到瑪亞納引用聖經的故事，摩西舉手的時候，以色列就打勝仗；放下手的時候，亞瑪力就打勝仗，他只得一直舉著手，直到日落的時候，約書亞戰勝亞瑪力，他才能放下手。瑪亞納形容，在台灣的傳道人，縱使他們「雙手舉乏了的時候，沒有人可以托著他」，但他們依舊在國境之北堅定奉獻，我不禁想起我曾採訪過那些「台灣的臉孔」，無一不是一直面對困厄但不放手，可見最大的真誠來自於不懈的付出。

瑪亞納雖然一直謙稱自己是文學創作的素人，她長期從事新聞工作，求真與求實的專業訓練，加上深刻與豐沛的情感，初試啼聲的《國境之北・遇見愛》一書，用王國維的話「一切文學，余愛以血書者」，應當是很貼切的評價。好幾個場景，都讓人難以忘懷，像是母親奔波在老梅的身影、婆婆為她洗腳的細膩溫柔、老人家在病中不厭煩孩子的堅忍、文懷德神父為中風老婦沐浴的悲憫身影、或是巴昌明神父製作冰淇淋的思鄉心切，在在都點出了人物寬厚或溫暖的心意，或展現出親情，或突顯出信仰，作者善於說故事，更擅長評點，真是說故事的高手。

《國境之北・遇見愛》帶讀者回到一個純真的年代，一個國境之北的教堂中，重新讓我們體會「一念不生謂之誠」的道理，特別是中國的哲學可以和書中所引〈聖詠集〉的警語：「不是語，也不是言，是聽不到的語言。」相印證，且讓我們澄清心思，重新追尋真實的自我，從堅持的付出中，體會造物的無聲之聲。我並不是天主教徒，我誠摯推薦這本好書，書中的故事見證了，原來有一份超越國界、民族、文化的誠意、信念與愛，一直都在，一直都在治癒時代的病痛。

自序

再怎麼把過去五十年的歲月翻過去或倒過來看，我的人生只有兩個字可形容：貧凡！貧乏且平凡！而過去的我也安於貧凡，享受貧凡。

一直以來，明知自己有夢想，卻一直甘於這樣的小確幸，一輩子壓抑著那夢想的小火苗。而每當那火苗偶爾冒出來輕灼心房時，我卻無動於衷，反而用各種消極可笑的理由將它撲滅。但那小小的餘火其實還在微微而悄聲地燃著，直到有一天，終於在我的心頭燎原。

五十歲，是很多人的轉捩點。

有一個大我幾歲的姐妹淘，在五十歲時，毅然告別工作二十多年的編輯檯，轉換跑道去當記者，實現她年輕時的願望；還有個和我同年齡的學弟，將五十歲前所有生命中的感動集結成書。不僅如此，他還花了半年時間，把書親自送給曾與他的生命交會過的每一人。還有一位同學，少年得志，三十歲時事業達到頂峰，但因經營不善，財富瞬間化為烏有，負債三千多萬，但他沒有放棄，蟄伏沉潛，在五十歲這年，他從頭開始，這次，他步步為營，走得穩健踏實。

於是，我開始回望自己的人生。

如果人生是一篇作文，從小，我便完完全全按照師長的制式教導去書寫，直到五十歲，我果然寫了一篇字跡工整、段落分明，完全可以當成作文範本的文章，但，它沒有生命力，一點也不動人！

如今，我不想再寫八股文了，我要打破一切文法規則、起承轉合，我要恣意留白、隨興斷句、率性換行……想入詩就入詩，想放歌就放歌。

人生總要冒一次險！

書寫《國境之北‧遇見愛》的過程裡，我完全跟著直覺走，不設限，不定義，不預設結果。有時候，我完全不知道接下來會遇到什麼事？我的故事能不能完成？但很奇妙的是，每當我開始感覺茫然，前面就會出現一條新線索，拉著我一步步前進，得以去追尋、探索、發掘、刨根，一步步去剖析生命裡的詭譎辯證，也一步步梳理出我自己的人生軌跡。

這本書裡面所寫的每個人，無論是已逝者，或是還健在者，我對他們都有著非常濃烈的個人情感，而他們對我的生命也有不同的啟發。於是，我一方面用筆紀錄曾經發生在這片土地上的動人故事，同時也以自己的方式，紀錄了我內在真實的感動與信仰的心路歷程。

當然，書寫的過程會害怕、恐懼、擔憂、質疑，我的筆力夠好嗎？我的故事會感動人嗎？但最後我告訴自己：只要是真實存在並發生過的，就是觸動人心最好的見證。

這本書或許不有趣，甚至可以說有點沉重，但若只把它當做是一本宣教的書來看，那就有些狹隘了。因為書寫這本書，是一個五十歲的人，在回望過去貧凡人生時，對以往所執守的價值的反思，以及重新追尋願夢的過程。我心裡想的是，只要有一位讀者看了本書之後，願意開始思索自己的生命本質、去追求那最初始的夢想，那就值得了。

此外，我必須承認，或許我在書裡引用的經文不恰當，或是對經文感動的敘述很淺薄，但這只是一個初信者重返信仰旅程的開端，還請教友們寬待。而本書所提及的人、事、物皆是真實發生的事，我只是單純地描述自己的觸動，並無意對這些事件做任何的批判與論斷，也請讀者們帶著一顆開放寬容的心去看待。

一個從來沒有出書經驗、沒有學過專業攝影的五十歲菜鳥，靠著一部傻瓜相機和一枝筆，竟完成了一本約十一萬字的書。姑且不論內容是否動人、照片是不是精彩，只能說，這全是天主給予的恩寵，在我書寫的過程中，一點一滴地沃養出這無比神妙的果實！

本書所有聖經經文採用天主教思高聖經譯本，為顧及一般讀者及基督教友，同時註明和合本聖經出處，若造成閱讀不便，敬請見諒。

感謝：

聖母聖心會
林必能 神父
黃金晟 神父
朱修華 神父
王佳信 神父
高福南 神父
唐光華 先生
郭霞　 女士
江明珊 女士
蔡雅寶 女士

王里紅 女士
王春金 女士
阮清如 修女
石門區公所主祕　林俊宏
台北總主教公署祕書處　王怡珍
天主教周報副總編輯　姜捷

第一章

兩個葬禮

尊嚴地告別——婆婆的人生故事

我們看似準備好接受死亡，卻沒準備好接受失去。

沉默的愛——父親的人生故事

第一次我放下了害羞、距離與畏懼，帶點撒嬌地勾著他的手，那時我才明白：我有多怕他，就有多愛他。

尊嚴地告別——婆婆的人生故事

在她病重的最後那一段時間，每當我們兩人獨處，常常都是很長時間的靜默與空白，空氣中只迴盪著發自她喉間不由自主的可怕哮吼聲，那規則的頻率像是來自地心最深處的悲鳴，直到我再也無法直視她空洞的眼神、再也不忍聽她痛苦的殘喘卻無能為力，最終只能選擇逃離。

膀胱裡還憋著一泡尿，婆婆耗盡僅存的氣力撐起虛脫的半邊病體說：「我要去廁所！」語音剛落，便栽在醫院的病床上，嚥下了最後一口氣。

前日中午，她才吃下了一整碗我在樓下買的牛肉麵，問她好吃嗎？她點點頭，叫我第二天再買；三小時前，她還頭腦清楚地和我們說道：今天是最小的孫子幼稚園畢業典禮。但醫生來查房時卻把我和小姑叫到門外：「就在這幾天了！你們家屬要有心理準備。」我不以為然，心想，怎麼可能？她意識還清明得很。我一直認為，她至少還有「幾天」。

接到電話再度趕赴醫院，她剛走。之前因戴著呼吸器而以一種怪異頻率擺動的頭頸部，已經徹底放鬆，顏色已發紫白的嘴唇則微微半張著。撫摸她的手臂，溼冷不已，我忍住悲慟俯身在她耳畔對她輕語：「媽，好走！」

「現在她的聽覺還有意識，你們有話可以趕快跟她說！」護士在旁提醒我們。我猛然回神，想起要趕快通知外子，但雙手滑在冰冷的手機螢幕上卻不停顫抖。

一陣慌亂，兒子掏出他的手機撥通後拿給我：

「媽媽走了！」我的聲音因哭泣而帶著抖動。

「嗯。」外子的回答異常冷靜。

「趁她還有意識，你和她說說話吧！」

我把手機放到婆婆耳邊。

「媽！……」

隱約聽見手機那頭傳來夾雜著哭泣的嗚咽與無法分辨的話語，斷續且模糊，但那一聲「媽」，是雋刻在回憶裡最啃骨蝕心的淒厲悲喚。

從確定罹癌到離世，婆婆僅活了六個月。「我要去廁所！」是她留給十一個兒女子孫們的最後一句話。她親愛的長子、我的先生，因為在異國工作，無法陪她走完最後一程。

聽說，當親人往生時，眼淚不能滴落在他的身上，免得亡魂留戀人間徘徊不去。我不知道，那時我滴落在她耳邊的淚水，是否片刻留住了她的靈魂？若她死去時最後失去的感官是聽覺，那麼當她永遠閉上眼睛，那肉身所能接受的最終感知，是否是長子那一聲看似遙遠卻近在耳邊的深情呼喚？

兒媳子孫們陸續趕到，沒有呼天搶地的哭嚎，只有默默的啜泣聲夾雜著「南無阿彌陀佛」的助念錄音帶在病房裡不停迴盪，我腦海裡浮現出昨日扶著她緩步去洗手間的殘影：她一邊重重喘著氣息，一邊艱難地移動虛弱病體，幾步之遙卻有如千里之遠，我幫她褪去長褲如廁，但淨身時她堅持不要我幫忙，自己抖動著無力的雙手拿衛生紙擦拭乾淨。出廁所前，她突然緩緩地轉身望著鏡子裡的自己，吃力地伸出右手，對鏡將散亂不堪的頭髮梳理整齊，如今想來，那個回望，是她在人世間對自己的最後一次凝視。

她走得如此灑脫痛快，就像她素來的個性，乾淨俐落不拖泥帶水。我想，她是疼惜活著的人，不願我們在繼續施救或放手之間痛苦煎熬自責。

我們早知會有這一天，也盼望她能早日離苦得樂，但當死亡真正來臨的時候才發現：我們以為自己的心早已做好準備，其實不然，那個驟然撞擊心靈的痛與措手不及的失魂茫然，暴露出我們的脆弱不堪。

我們看似準備好接受「死亡」，卻沒有準備好接受「失去」。

一月，所有人照例因農曆年將屆而忙碌，沒有人注意到婆婆不尋常的咳嗽是一個警示，也沒人會料到一個類似感冒症狀而引發的咳血，其背後的原因竟是罕見而凶猛的「肺多形性癌」。

「這種肺癌很凶猛，在台灣很少見，癌細胞會快速長大，病患會有肺炎的症狀，發燒、咳血，直至腫瘤大到壓迫氣管，病患無法自主呼吸時，最後就會導致肺功能衰竭。你母親的情況不能開刀，因為太靠近氣管了，只能化療。不過即使做了化療，也只能延長幾個月的生命，若不做化療，我也無法確定告訴你們能撐多久！」醫生宣告了我們最不想面對的情況，然後開了一堆檢查單要做細部檢驗，以確定是肺癌第幾期。

斷層報告裡那一坨五、六公分大小的黑色物體，在我眼裡彷若來自外太空的恐怖異形，原來，這便是癌細胞的真實樣貌，那麼小小一顆，力量卻龐大到足以摧毀無數原本堅強剛毅的生命。拿著一堆檢查單離開診間，走在醫院的長廊，我和外子像是迷走夢境的遊魂，軀體飄飄盪盪，不想返還現世。

肺多形性癌（Pleomorphic Carcinoma, PC），一種極其罕見的癌症，占肺部惡性腫瘤的〇．四%以下，也就是說，一千名肺癌病患中，僅有四人可能罹患此症。病患男性多於女性，預後差，大多與抽菸有關。我查遍了網路，才終於在大陸簡體版網站找到關於肺多形性癌的一點點說明，問了幾個醫藥界朋友，竟沒有一人聽過這個病，這個我們對它一無所悉的癌病，因為陌生，更令人感到恐懼。

在此之前，婆家和娘家的親人從沒有罹癌的先例，這是第一次，我們與癌症正面交戰，而且還是一個從來沒聽過、來勢洶洶的猖狂癌魔。我們驚惶、慌亂、茫然，束手無策，這個陌生而凶狠的癌細胞，就這麼開始，一步步進犯了婆婆的肉體，也進犯了所有人的生活。

要不要告訴婆婆真相？要怎麼告訴她？

家人們意見分歧，有人主張，病人有權利知道自己的生命將面臨什麼樣的困境，必須讓他為自己的人生做決定；有人擔心，告訴她真相，恐怕會讓她徹底失去求生意志，連和癌魔對抗的信心都沒有，反而導致死亡更快來臨！每一次討論到最後，都會淪落消沉衰頹的無盡茫然裡，沒有人知道，哪一種做法對她最好？也沒有人敢堅持自己的想法是對的，因為，這是關乎我們最愛的人生命存續的決斷。

講？不講？天人交戰！做為長子長媳，那巨大的壓力與心裡的糾結，鎮日在我們心中痛苦地拉扯！

婆婆似是察覺到什麼，一直探問：「是不是癌症？能不能治？你們不要騙我、瞞我！」面對這樣的質疑，最初只能以含糊不清的語意帶過，到最後，言拙詞窮的自欺欺人再也無以為繼。

後來，家人們決定先採取折衷的說法，暫且告訴她：「是腫瘤。」婆婆識字不多，也許不懂癌與腫瘤的分別，如果她認為不是癌，也許會有了對抗的信心，病情也許會奇蹟似地好轉。而我們也願意這樣相信。

該做的檢查排滿了一整個月，但婆婆的病情惡化得很快，醫生一直在催促我們趕快決定要不要化療，眼看是瞞不住了。說出真相，是我們終將面對的課題。

一句話，千斤重。何況是向最愛的人宣判死刑！

將殘酷事實揭示的當下，我們還是保留了醫生對存活期的預估。婆婆的反應出乎意外：「我不開刀，也不會做化療。」她的態度平靜，語氣堅定，我在她的臉上讀不出任何情緒，一個剛剛得知自己罹患絕症的人，竟沒有一點點驚愕、害怕、悲傷或凝重的吐露。如今想來，她應該早就知曉自己的病情了，是我們低估了她的堅強。

我能懂她為何會做這樣的選擇。

從六歲開始，她就學會與悲慘的命運及磨難的環境和解，靠自己的努力換取生存的機會，面對生命裡所有的困境，她從來不爭，認分地接受老天的安排。她為這個家族的四代奉獻一生，她的人生早已疲累得像一只不停旋轉的陀螺，即使到了晚年，仍耗以最後的力氣為子孫們維持著規律的運轉，從不失衡。人生對她而言，是永無止盡的付出、是苦多於甘的旅程，生命的無奈已經夠多，那治療帶來的極大痛苦，她不想再嘗！

不管聽過多少抗癌成功或失敗的例子，當「癌」這個字眼真正臨到自己或親人身上時，所有經驗法則裡的論述好像都變成了沒有根據的想望，最後發展為一場生命中不可承受之重的賭局。我們會想盡辦法去尋找各種籌碼與之對抗，即使贏的機會微乎其微。

聽說五行湯對抗癌有效，和婆婆同住的小叔小嬸每天跑市場採買食材，辛苦地熬煮，但大家都要上班，婆婆還是得自己打理三餐。我提議找看護來照料她，卻被她大聲地嚴詞拒絕：「我還能動，還能走，幹什麼花錢找看護？等我不能動了再說。」

這一年的年夜飯，婆婆已無力張羅，一家人就在館子裡打發了。別桌吃的是歡樂團圓的美好，而我們吃的是難以下嚥的無奈酸楚。

往年，滿桌的山東家鄉菜是我最期待的年夜飯，汁液入味吮指再三的燒雞、黑色如墨料豐味足的炸醬麵、吃進嘴裡就甜蜜融化的醣醋肉，還有在竹籠裡冒著蒸騰熱氣像極女人酥胸的白色餑餑……這些婆婆的味道，從我嫁來到現在，一吃便吃了二十年。雖然，每年的年菜都大同小異，我們總會開玩笑說吃膩了，但我們從沒想過，有一天，這個味道將隨著婆婆生命的結束而淡出我們的記憶，再也不可尋。直到某日可能在某個街角、或某個餐館裡聞嗅到熟悉的菜香，舌蕾咀嚼到那似曾相識的美好滋味時，我們才會明白：那是做為一個母親，耗盡幾十年的青春與勞苦所能給予全家最幸福的回憶。

多年前的一個夜晚，婆婆和我講述了她的生平。

民國三十二年，她在山東出生，還沒喝到幾口奶水，母親便去世，那時抗日戰火正熾，父親帶著她和兩歲的哥哥逃難到北韓，以為從此可以落腳他鄉安頓身心，未料七年後，韓戰爆發，父親又帶著他們兄妹，再度出逃到南韓漢城（今首爾），寄居在自己妹妹家裡。

大時代的悲劇讓人沒有選擇的權利，一個大男人要安頓自己都難，哪有餘力照料孩子？某個暗夜，父親悄悄打包衣物出走，離棄了他們兄妹。她和哥哥驟失依靠，只能厚顏留在姑姑家裡。但姑姑一家人也是縮衣節食才勉強過活，現下又得多花錢養這兩個孩子，再親的關係也不敵現實的殘酷。就從那一刻開始，她明白要活下去的唯一辦法，就是要付出勞力！

沒有時間自怨自哀，父親走後的第二天，她便一肩挑起姑姑家的粗重活。天寒地凍的雪日裡，她早早起身，就著微弱的晨曦打著哆嗦跑到戶外跪地擠羊奶；炎夏裡她赤臉淌汗對著煤炭爐子用力吹氣升火，忙不迭地做全家人的三餐。不到十歲的小女孩，就這麼認分地接受命運，沒有怨言。

十七歲的時候，她聽從媒妁之言嫁給家裡開餐館的同鄉，便再難脫離與爐灶共存的一生。從早到晚，有炒不完的菜、洗不完的碗，每每到了晚上，雙腿都麻痛到失去知覺，但她還是咬緊牙關，再累也不吭一聲。她終日就在那發著轟轟爐火聲響、烏煙瘴氣的油膩廚房裡揮汗造飯，無怨無悔地把一盤盤美味的菜餚往外送，就這樣，一年又一年，送走了她的青春；而那如青色藤蔓、爬滿了兩條小腿肚的靜脈瘤，則是她辛勤一甲子的勞苦印記。

親友裡面沒有不稱讚她的。

但好人就容易被欺負！有些親戚看她和氣慈善，便常常提出一些過分的要求，但即使再怎麼為難，婆婆也從不婉拒。若換做她自己遇到極大的困境，她卻寧可自己一個人承受，不求靠別人。就這樣，她拉拔大三個孩子、帶大五個孫兒、忍受一喝酒就發脾氣的丈夫，並在他中風後二十四小時衣不解帶地親自照料了六年，直到他辭世。

她對我的照顧也不亞於自己的女兒。

嫁入婆家二十年，每次吃完飯我想要善後洗碗，她總是強行把我拉開：「不用不用，妳去休息，我來洗。」想要幫忙做點家事，她也總是推開我：「我來就好，我來就好。」記憶中，她沒對我嘮叨過一句話或是訓斥過一個字，只有親切的噓寒問暖與毫不吝惜的付出，連母親都不只一次對我說：「妳遇到一個好婆婆！」

罹病的頭兩個月，婆婆的臉上還看不出病容，我們沒有刻意談論她的身後事，也沒刻意不談。有天不知是誰終於提及，她說：「我一點都不怕死，你們就把我火化，一切簡簡單單，不要麻煩。」

「那骨灰要放到哪裡呢？」外子問。

「隨便坐個船到海上灑一灑啊！」婆婆回答。

「那可不行，出海要申請的，哪能隨便灑灑？」外子想要轉換一下傷感的氣氛。

「那就找個山上灑一灑吧！」婆婆說。

「好啊，哪天我去登山的時候，就帶著您一起去，一路爬一路灑！」愛爬山的妹夫開玩笑地說。

大家被這句話逗弄出笑聲，婆婆也笑了。那應該是她這輩子最後一次露出笑容。

幾天後，她簽下了放棄急救同意書。

人是鐵，飯是鋼。

這是婆婆一生奉行的原則。在她的觀念裡，只要吃飽了，那存積在肚子裡的能量就會化為氣力，能夠面對一切問題。婆婆沒讀過一天書，但仔細想想，這看似簡單的道理，其實醞藏著深深的哲學，她說的一點也沒錯。

也許因為從小在貧窮又寄人籬下的環境中長大，讓她格外珍惜食物得之不易，也非常重視每一餐每一頓。她從不讓家人餓肚子，不管任何時候回家，她都會問：「吃飯沒？」無論時間多晚、她有多累，都能隨時變出一頓熱騰騰的美味吃食。

記得多年前公公中風送醫那日，婆婆從醫院趕回來取他的衣物，那時已過了午飯時間，知道她還餓著，我便盛了一碗飯給她，桌上還有幾盤菜，只見她將飯泡了一點開水，就這麼囫圇吞著，從頭到尾沒有心思夾一口菜。她一面強迫自己吃飯，淚水也一面滴落碗裡：「這可怎麼辦？這可怎麼辦呢？」似在問我，又似自言自語。食不知味但還是得吃，才有力氣去應付這驟然而來的巨變。吞完淚泡飯，她用手抹了抹眼淚抬起頭來，打包了公公的衣物又匆匆地出門了。

吃飯對她而言，宛如一個莊嚴神聖的儀式。

即使因癌病折磨到步態蹣跚，我仍幾度透過半掩的廚房門，看見她虛軟地坐在小餐桌前，雙手顫抖地拿著筷子，一口一口極其困難地將飯菜送入嘴裡，但只要我想上前幫忙張羅或餵食，她便揮著手趕我走開。

不化療不開刀，婆婆的決定雖然消極，至少讓大家不再茫然，轉而去等待一個不太可能出現的奇蹟。

那時我天真的以為長久以來的忐忑糾結將會告終，未料，那是另一種考驗的開始。

看著她日漸虛弱無力，我不知提了多少次要找看護，或是找人做飯送來，但她總是嚴拒。她自尊心太強，不願像小孩般被餵食三餐、不願在人前裸露身體如廁洗澡、不願讓人看見她的癱軟病體，但這一切幫助對她而言都是迫切需要的。然而無論我怎麼說破嘴，她完全拒絕一切奧援，即使連自己的女兒要幫她淨身，她都不願。

但她愈是拒絕，我們愈是罪惡與痛苦加劇，平常已無法照顧她的起居，總希望能為她再多做一點、多付出一些，然而她總是固執地豎起一道牆，將我們的心意拒於門外。身為人子人媳，眼看著她獨自承受一切痛苦對抗病魔摧殘卻使不上力，那種無盡的自責、愧疚與自我控告，日日夜夜都磨蝕著我們的心。我心裡很明白：對婆婆而言，當健康與生命一點一滴流逝時，她起碼還有一樣東西可以保留，那就是：尊嚴。

生活繼續著，工作繼續著，所有的事情看似仍在陀螺旋轉的軌道上正常運行，但你心知肚明，那軌道底下埋著一顆無法掃蕩的地雷，你不知道它何時會引爆，轟然將我們全部的人一舉震落到無盡的痛苦深淵裡。

五月底的某個夜裡，突如其來的劇烈腹痛讓婆婆再難忍受，掛了急診，做了初步的檢查後，醫生不能確定是盲腸炎或是感染，要求她住院做進一步診斷，我趕至醫院，見她躺在病床上，因劇烈疼痛而發出輕微的唉哼，這是頭一次，她在人前展現了她的軟弱，即使那唉哼的聲音是如此細微。那也是第一次，她讓我扶著去如廁，她原本想自己脫下褲子，但強烈的劇痛讓她完全無法出力，看著她那頑強的自尊再也無法抵抗病痛的折磨時，我在心裡吶喊著：「不要再忍了，就讓我來吧、讓我來幫妳一次！」我主動伸出手幫她褪去長褲，扶她坐在馬桶上，當那蒼白纖弱的病體在我眼前赤裸呈現時，她沒有趕我走，也沒有揮手拒絕。

天明後，院方做了一些檢查，要確認痛處的病灶，醫生表示還要進行腹腔鏡切片，才能確定到底是感染，還是癌細胞轉移。我們徵詢她的意見，果不其然，她還是堅定地拒絕一切檢查及侵入性的治療。「切片了又如何？知道癌細胞轉移了又如何？」她喘著氣虛弱地反問我們。的確，一方面不想讓她受苦，一方面我們也無法說服自己這樣做的意義。於是，在施打抗生素後的第三天，婆婆的痛感減輕許多，我們便依了她的要求出院。

回家後的那段時日，她的體力變得更虛弱，走路更吃力，呼吸更急促，看似她已絕望地接受死亡將臨，但每日仍竭盡所能地讓自己進食，彷彿要藉由這樣的儀式、藉由食物通過器官的知覺，來告訴自己：我還活著。直到往生前的最後幾餐，她依舊是靠著自己的氣力，固執地、堅定地、緩慢地，用抖動的手將飯菜一口、一口放進嘴裡，讓喘氣與嚼食彼此虛弱地交換攻防。

最後一、兩個月時，病魔已將她摧殘至不成人形，夜裡，常痛苦地咳出一大口、一大口令人怵目的鮮血，白天，她大半虛軟地癱睡在客廳的沙發上喘氣呻吟，去探望她，她總是說：「妳又來幹嘛呢？上班挺累的，好好休息，不用一直來看我，我就是這個樣子啊！」或是喃喃自語：「我怎麼還不死！怎麼還不死！」再不就是瞪大雙眼對我們發出幾近癲狂的質問：「我到底什麼時候才死啊？」

從來沒有人教我們該怎麼回答。

教科書裡沒有寫，電視電影裡那些極盡誇張的生死情節、或是煽情虛假的對白台詞，也不會在真實人生上演。面對她生不如死的絕望質問，除了心痛，只有無措、無言、無奈。

在她病重的最後那一段時間，每當我們兩人獨處，常常都是很長時間的靜默與空白，空氣中只迴盪著發自她喉間不由自主的可怕哮吼聲，那規則的頻率像是來自地心最深處的悲鳴，直到我再也無法直視她空洞的眼神、再也不忍聽她痛苦的殘喘卻無能為力，最終只能選擇逃離。

七月初，婆婆再度因呼吸困難入院急診，護士小姐要為她戴上氧氣面罩，她起先是虛弱地用言語拒絕，後來好不容易戴上了，卻趁我不注意時把面罩拔掉，護士過來：「婆婆妳的呼吸不順，要戴這個才行哦！」再幫她戴上，她又倔強地扯掉，這樣來來回回了三次，我不忍，只好和護士說：「她不想戴，就別戴了。」護士看了我一眼，不解地走開。

也許是病痛的折磨與尊嚴的維護在相互拉扯，她有時會一邊重重地喘著鼻息、一邊直勾勾地盯著我看，露出一種怪異的表情，那個神情像是已然接受這遭難多舛的命途，但更像是對癌魔發出的無言抗議。

這一次，不住院不行了，也許是力氣已經耗盡，她終於卸下堅持，讓我們找看護照料。但三天後，外子就要到國外出差，這個差是三個月前就訂下的，無法臨時取消或找人替代。

「如果媽媽在這段時間走了怎麼辦？你要趕回來嗎？」我問外子。

「沒法趕回來！世界級的比賽，不能說走就走。」

「你難道不會有憾恨？」

外子搖搖頭。不語。

每一個長子和母親之間都有一種難以言喻的情感，因為是相處最久、是彼此生命中最初始且最親密的血脈連結。

我想，外子對他母親的愛早已超越了生離死別的苦，他不忍她做無謂的治療與掙扎，因為他看盡了母親這一生所受的各種磨難，原生家庭的悲、寄人籬下的苦、為人媳的委屈、為人母的辛勞，以及臨老受到癌魔摧殘的痛。看著她的生命一天比一天凋零，他其實是希望死神快點降臨，好終結掉母親肉身的極端痛楚，自己去迎接那遲早要承受的巨大悲傷。

若在痛苦的苟活以存續母子情，或是早日離苦而結束此生緣分之間做選擇的話，他寧可選擇後者。

我一直暗自祈求這樣的憾恨不要發生，但它終究發生了。

外子沒有見到婆婆最後一面！換個角度想，也許是他們母子感情太深厚，婆婆太疼惜他，故選擇在這樣的時間離去，好讓她的愛子能堅守崗位到最後，好在他心裡留下母親最美麗慈愛的容顏。

葬儀社的人來了，問我們要用什麼儀式送走婆婆。道教？基督教？天主教？佛教？我突然心頭一愣：婆婆生前只說遺體火化、一切從簡，但最重要的告別式要採用何種儀式，她沒有說，而我們竟也忘了問。

「媽媽是基督徒，好像受過洗。」小姑突然冒出這句話。

我想起來了，很多年前，婆婆的確經常去教會，但持續的時間似乎不長，也不確知她是否受過洗。這下情況更加混亂了，外子不在，好多事情無法當下做決定，我整個人腦袋亂轟轟地，悲傷、無助、茫然，所有的情緒都翻騰糾結在一起，完全無法思考。

遺體逐漸冰涼。葬儀社的車來了，準備將婆婆的大體載到殯儀館。我和小姑伴著婆婆上了車，窗外，車水馬龍街燈輝煌，台北的夜正熱鬧喧騰著，車內，蓋著白布的大體不時隨著車子的顛簸而晃動，我和小姑不停低頭啜泣，一路無語。

暗夜的殯儀館放大了悲傷的情緒。辦好手續後，館方拿了一個寫有婆婆名字的手環給她套上：「有了這個手環，將來出殯時就不會認錯遺體。」

等待大體入冰庫之前，我再次摸了摸她冰冷的雙手，這是我們婆媳在人世間最後一次的親密接觸，一旦入庫，她的一生將隨記憶冰封、愛怨將隨生命永凍。我再也忍不住，跑到外面蹲坐地上痛哭。

擦乾眼淚，轉身應付葬儀社詢問後事的細節，混亂中只好先依婆婆生前的吩咐：一切從簡。儀式部分，待和外子討論再說。這一夜，輾轉難眠。

第二天一早便接到小叔急電：「媽最重視吃飯了，昨晚沒有給她放飯，我覺得怪怪的！」

是啊，婆婆一生奉行的道理就是要吃飽飯，但葬儀社的人說，這樣一來，就必須要招魂、迎靈、設靈位，之後的一切儀式，就得照著道教的方法來。如果是這樣，婆婆到底是不是基督徒也就不重要了，因為現在所做的，不過是安慰生者，讓活著的人能對死者盡最後一分心力。

還有十二天，外子才能回來。

十二天，整整兩百八十八小時的折磨，我可以想見，白天忙碌的工作或許可以讓他暫時忘卻悲傷，但晚上夜深人靜的時刻，那巨大的思念、哀痛與遺憾，無疑是錐心刺骨的煎熬。

外子終於回到台灣。

「要看媽媽嗎？」我問他。

他想了想，不願打擾母親，「等到出殯再見最後一面吧！」

我懂，當思念已無處可念、當愛已無處可愛時，多看一眼，都是無法承受的悲與慟。告別的日子來臨，離開時還能言語交談且意識清楚，再見面已是天人永隔，外子終於看見了他的母親，但是是躺在棺木裡的母親、是再也無法睜開雙眼說一句話的母親。

他的淚水全然潰堤。

此刻躺在棺木裡的婆婆，高大的身形縮了水，化了妝的臉呈現一種詭異的紅潤，我望了她最後一眼，發現她生前總用頭髮蓋住的頭頂紅色傷疤，此刻卻毫無遮掩地在眾人面前展現。婆婆的自尊心很強，平時即使去菜場，也會刻意掩蓋那塊疤，不讓人看見。我想起了她在臨終前對鏡梳理頭髮的那一幕，忍著激動，悔恨自己沒有預先告知化妝師要好好遮住那塊疤痕。

儀式開始，道士拿了二盤食盤，要我和外子分別端捧，只見道士每夾一道菜便念一句話。我與外子手捧食碗，分別跪在棺木左右側，端捧食盤的雙手因哀絕痛哭而不停顫抖。

後來我才知道，這個儀式叫做「辭生」。

「看見死者容貌與形體的最後一次祭奠，之後便入斂，與生人永別。」簡單的兩個字，永世隔絕了陰陽界，好像是死者在對生者說：「這一生緣分已盡，活著的你們好好活著，我先告辭了。」

上香、祭酒、叩頭、最後一次瞻仰遺容、大斂、封棺……舅舅強忍淚水，在棺木四周打入長釘，直到最後一釘，他再也忍不住，在一片暗泣聲中爆出低沉而突兀的悲鳴！火化、撿骨、封罈……如今回想整個儀式，宛如一場淒迷夢境，其餘的情景，不想記也記不清了。

我們沒有照婆婆說的，把骨灰灑至大海，而是找了一處美麗的風景，讓她疲憊辛苦的一生，永遠地安歇。

從得知患病到臨終最後一秒，所有虛弱至極、痛苦至極的時刻，婆婆都堅持著不勞煩別人的原則，即使是最親近的兒女或家人，也不例外。六個月的病程，我沒看她掉過一滴眼淚，自始至終也不曾插過一根尿管、鼻胃管或氣切；她的全身沒有一處傷口，更沒有任何外力導致的破壞，她的最後一程走得很美，肉身無瑕、乾乾淨淨，保有了她一生最在乎的尊嚴。

幾個月後，我曾試圖走訪婆婆去過的那間教會，想要弄明白她究竟是否受過洗，但那間教會卻神奇地消失了，我幾度尋著地址上門按鈴卻無人應答，電話也無人接聽，彷彿不曾存在過。然而不可否認的，婆婆的某段生命確實曾在這個地方得著過短暫的慰藉與倚靠。我疑惑的是：她當初是在什麼樣的緣由下去到教會、認識上帝？當她的靈魂最深處與死亡相遇時，她心靈的狀態是什麼？是一種進入神聖奧祕的極致喜樂？還是留戀雖不完美卻能擁抱至愛的真實人間？

沉默的愛——父親的人生故事

我常常在夜裡執起父親的大手掌細細端詳，那雙手掌，是能輕易地把我的童年舉起、為我仔細搓ㄎㄣˋ、為我耐心擦藥的溫柔手掌，也是病魔唯一沒有在他身上烙下痕跡的器官。那寬闊的手背依舊厚實，但掌心卻是冰冷。

父親去世已經二十一年，一些對他的記憶，回想起來都像是一場場濛昧不清的夢境，有些細節隨著歲月的增長早已模糊，但某些部分卻很鮮明地烙印在腦海。隨著書寫的過程，回溯以往的點滴，我和父親好像又重新相處了一遍，但和他在世時不同的是：直到五十歲的現在，我才能體會到他曾經的人生處境、也比任何時候都更了解與明白他是怎樣的一位父親。

童年時代對父親的感覺，沒有親愛，只有畏懼。

也許因為他不常在家，和他相處的時間極少，約莫是到了四、五歲時，我才開始對父親這兩個字有了具體的認識。那時我眼裡看到的父親形象是這樣的：方面、寬額、肥耳、厚唇。他的身高近一米八，體重大約有八、九十多公斤吧，五官與外形搭配起來不像是祖籍江蘇的南方書生，倒像是北方高大魁梧的漢子。

嵌進記憶最深處的，是他的一雙手。

比起一般人，父親的手掌特別大，五根手指粗實肥壯，手心也厚實無比。有一個場景我永遠不會忘記：小時候出門，他總會腰下身子輕輕一攬，就把我高舉抱起。那時的我總是想像自己是個出巡的驕傲公主，安座在他以雙手築起溫柔卻堅固的城堡，從至少離地二百公分、高人一等的角度，俯瞰這個世界，傲視路人如臣僕。而他厚實手掌傳來的溫度，如同一股暖流，每每穿透我的衣服直達心底。

上澡堂是兒時最甜蜜又奇特的回憶。

四十多年前，家家戶戶還沒有瓦斯可用，洗澡是一件麻煩的事。夏天還好，母親會先煮一大鍋熱水，洗的時候舀個幾杓到大盆子裡，再加點冷水，就可以洗淨全身。冬天雖也能如法炮製，但熱水一下就涼掉，也洗不乾淨，因此父親常會帶著全家去上海澡堂。以前的澡堂長什麼樣子，早已沒有印象。只依稀記得我們一家五口待在一間大房間裡，溫熱的蒸汽四處漫溢，迷濛的水霧宛如雲朵繚繞。母親會先幫我們三姐妹一個一個洗頭，然後父親便會為我們用力搓去體垢（上海話念做：ㄎㄣˋ）。記憶中，父親總是用他那雙厚實大手掌賣力搓揉我們的四肢與身軀，一邊搓還一邊笑著說：「妳看，好髒，好多ㄎㄣˋ哦！」父親搓揉的力道很大，其實感覺有點疼，不一會兒，全身就被搓洗得紅通通，手臂與腿上還有無數白色手指印痕，總要等半天，印子才會慢慢消退。我總覺得，父親一定很喜歡為我們搓ㄎㄣˋ，因為那是他極少數可以自然地對我們表達親密的時刻。

嚴格說起來，父親並不胖，而是壯碩，但總有人喊他：「王胖子！王胖子！」人們都說胖子脾氣好，的確，平日裡他見到人總是笑嘻嘻的，眼睛瞇成一條線，在家也不時會像個大孩子耍弄那搞笑版的太極切西瓜招式，逗得全家哈哈大笑。但他若是發起脾氣，那威權的怒斥聲和嚴肅的面孔會令人不寒而慄。小時候，我們三姐妹總會為了一點點小事吵到天翻地覆，誰也不讓誰，一旦聽到他開門回家的聲音，大家就頓時變得安靜乖巧，不敢再多說一句。有時不聽母親的話，她也會恐嚇我：「你不乖，我要告訴爸爸哦！」

還記得父親帶我去買生平第一個玩具的景象。那滿屋子新鮮怪奇的商品讓一個小孩興奮得無從選擇，或許個性裡潛藏著一點男孩子氣，最後，我挑的不是洋娃娃，而是一輛長方形的大汽車。

男生般的個性再加上從小脾氣就很拗很倔強，我常常因此吃足苦頭，被父親體罰。他的一雙大手掌，就是管教我最好的工具。常常，只要我一鬧脾氣，就換來「啪啪」兩聲，兩邊屁股上馬上烙上青白色的巨大掌印，五根手指的形狀清清楚楚，三姐妹裡，就屬我挨打的次數最多。

印象中是還沒念幼稚園的時候吧，那時和姐姐睡的是雙層床榻，我因為年紀小，上鋪太高不好上去，只能睡下層，但我總覺得睡上鋪可以就著昏黃燈光對著牆壁玩影子遊戲，好有趣，所以每每趁著家人不注意時，就順著床鋪中間的小梯子爬到上層。但我人小腿短，總是爬得很慢，有次正攀到第二階，就被母親發現了，她一邊喊著危險，一邊叫父親來。父親二話不說，揮起他的一隻巨掌往我的小屁股就是一陣招呼，頓時又熱又麻又辣的感覺從屁股往頭皮竄，雖然痛得不得了，但倔強的我沒有因此而停止，反而紅著臉憋住氣繼續往上爬，結果屁股後面又是一巴掌，我還是倔強地忍著不哭，一路爬到上鋪。

還有一次應該是小一，那天吃完了晚飯，母親帶著大姐和二姐去買文具用品，獨獨留下我在家。我看著她們三人開心說笑著一同出門很是生氣，便拿起幾本課本重重地摔在桌子上，這一摔，也摔出了父親的怒氣，不用說，屁股又是一巴掌。

時光平靜地流逝著，我倔強的童年，就在小屁股常常開出一對青中帶白的掌花歲月裡度過了。

及至上小學，瓦斯桶漸漸普及，上澡堂的記憶遂蒸散成一抹聞得到皂香的輕煙水霧，而我也慢慢進入了強說愁的年紀，昔日那個個性拗執、不怕挨打的小女孩，亦變得愈發沉默了。

進入青春期，對於父親，不再像孩童時代那樣畏懼，取而代之的是一股說不出的彆扭。

偶爾他會問起我學校的事，這種單獨對我發出的關心，其實心裡是難掩高興的，但我總是裝酷，常常用最簡短的句子回應他。我向來是不會撒嬌的女兒，有時去到女同學家裡，看見她和她父親在人前親密地互動，竟會覺得不自在，因為那樣的相處模式在我的家庭裡絕對看不到。

父親非常豪爽大器。

在他的觀念裡，錢賺了就是要花，只要經濟狀況允許，他會帶我們到近郊出遊；高中時，幾乎每個週末全家人都會上館子打牙祭，連死黨來家裡找我，父親都會邀她一起出門共餐。他海派不拘小節的個性，讓我在同學面前很有面子，我總覺得，若是在民初，他就像是電視電影裡頭戴黑色禮帽，脖上圍著長晃晃的白圍巾、穿著挺拔黑色大衣的上海大亨。

從小到大，我和父親很少刻意地談心或聊天，最常一起做的事，就是看電視轉播籃球賽，聽著他在曾增球投進三分球時興奮地拍掌歡呼，或是對傳達仁幽默風趣的評論投以讚揚的哈哈大笑，那時他不像威嚴的父親，而像是一個率直而純真的老男孩。

身為家中唯一念前三志願高中的老么，父母親對我的期望自是特別高，但這份期待總讓我難以承受。我心裡其實是憤忿不平的：為什麼獨獨是我要承受這樣的壓力？為什麼我一定要考上大學，去完成你們的願望？我總覺得父母親對我只有要求，沒有關懷。小時候叛逆倔強的因子常常在心裡挑動出不滿情緒，但我畢竟不再是孩子，不想表露出來讓父母親傷心。而高一發生的一個意外，讓我體會到父親在對我嚴厲的期待之下，其實藏著深深的疼愛。

那一日放學搭公車回家，到站準備下車時，因為視線被人擋住，看不見公車的階梯，結果最後一階不小心踩了個空，整個人失去重心撲倒跌坐人行道上，當場下半身癱軟無法動彈，足足有十分鐘之久，無人理會，待恢復知覺後，腰椎疼痛不已。後來上醫院檢查，證實是腰椎受傷，壓迫到神經，此後便常常犯病，腰一痛起來，雖不致撕心裂肺，卻是隱隱不去的刺脹酸楚。每當腰疾發作，父親便會用他的大手掌為我擦活絡油。

那是一種舒筋活血的藥油，黃綠的色澤看起來令人作嘔，像是殘黏在馬桶裡未沖涮乾淨的便水，味道更是比一些中藥還難聞刺鼻。每擦一次，那濃重的藥味總會漫溢整個房間不易散去，手上的味道也要清洗許久才能去除。但父親總是勤快地為我擦藥，他以手掌的溫度揉覆我的後腰，細心地調整力道大小，讓藥效進去，就這樣搓揉幾分鐘後，我的後腰便開始熱燙起來，脹痛也漸漸緩和許多。那時，我總會想起小時候在澡堂裡他幫我們仔細搓ㄎㄣˋ的一幕。

高二那年，五十歲的父親做了一個人生重大的決定：他離開了環境和收入都很穩定的大公司，自己開設鐵皮製罐工廠。當然，他的目的無非是為了讓我們生活得更優渥些。一開始生意似乎還不錯，家裡很快換了五十多坪的大房子，也有了私家轎車，該有的時髦家具父親毫不吝嗇地買回來，吉他、音響、黑膠唱片……甚至姐姐們還在家裡辦了幾次舞會和派對。一直以為，我的吉他會伴隨著民歌不停地唱下去，ABBA和AIR SUPPLY的歌聲也會一直流瀉在這個華美的屋子裡，但突如其來的驟變，改寫了這個家的命運！

父親在我大學二年級時生意失敗，宣告破產，家裡能變賣的財產都變賣了，車子、房子，一夕之間沒了，我們從五十多坪的大宅，搬到了一處小小的窩居。

中年創業失志，父親落落寡歡，那時票據法還未廢除，若還不出錢就必須入牢，在債權人上門討錢、處理工廠善後的混亂日子裡，他常常一個人發呆，沉默不語。

有一日晚飯時刻，他不知問了我一件什麼事，我表情不耐地斜睨著眼回答他，父親突發烈怒摔下碗筷：「妳念大學了，了不起，看不起我這個生意失敗的老爸嗎？」說完話他便起身，飯也不吃了，逕自走到陽台，怔怔地望著暗黑的星空生悶氣。第一次被父親這樣誤解說了重話，我難過啜泣，淚水滴滴答答落在飯碗裡。母親也一臉凝重，叫我去陽台向他道歉，我抽搭著鼻涕與眼淚向父親說對不起，但他仍不理會我，久久不說一句話。十九歲的我，就呆呆地站在父親身邊不停哭泣，不知如何收拾自己闖下的殘局。

多年後我才明白，是我輕蔑的態度擊潰了他最軟弱的部分，他其實是為自己生意失敗拖累妻兒而感到愧疚，而我卻沒為他保留身為父親的最後自尊。

不知是哪位親友的建議，要父親暫時出逃美國，也許是走投無路，父親真的去了，但僅僅去了一個月便回來，他不想在異地過著足不出戶、宛若被軟禁的逃亡生涯。逃亡是沒有時間表的，何時能回家，更是未知，我想他是放不下我們，無法忍受分離的痛苦、思念與孤寂。他寧可面對司法的審判，以身體的禁錮換回心靈的自由，至少在空間上，他是和我們在一起的。

我和母親曾去看守所探視過父親幾次，他總是笑瞇瞇地向我們走來，隔著玻璃窗拿著話筒和我們對話。忘了我們父女談了什麼，約莫還是問我大學功課如何吧，只記得他即使在那樣的環境裡，也依舊是處之泰然，不見猥瑣卑躬，說起話走起路來盡是瀟灑率性，依舊一副海派大老爺的樣子。

父親入獄將近一年，我每天上學感受不深，但母親的日子必定難捱。有天下課後，我從電話亭打電話回家，母親告訴我父親返家了，我無法形容心裡有多高興，掛下電話就在馬路邊放聲大哭起來。飛奔回家見到他，久違地喊了一聲：「爸爸。」沒流下來的眼淚順著鼻腔一路嗆到喉嚨，再也說不出一句話。第一次，我放下了害羞、距離與畏懼，帶點撒嬌地勾著他的手，一起外出吃飯慶祝。

那時我才明白：我有多怕他，就有多愛他。

父親後來在保全公司找到了管理員的工作，原本就善於交際，具領導能力，很快地，他成為管理階級，領得一份不錯的薪水。當我大學畢業找到人生第一份工作時，父親很高興，特地和母親帶著我去永和中興街韓貨批發地，要為我買上班穿的套裝。那是從小到大第一次也是唯一一次和父親逛街，我還記得，最後我選了一套灰色細格子紋的OVERSIZE大西裝和寬褲，父親付錢的時候瞇著眼笑著對我說：「很好看，很適合妳。」

剛出社會做事的那一段光景，是這一生和父親相處最頻繁、最親密的時刻。那時我的公司在南京東路四段，他的大樓在建國北路上，我們時常一起上班，有時坐公車，有時搭計程車。其實父親的公司應該先到，但他常會先帶我去南京東路和復興北路口的溫娣漢堡吃早餐，然後再坐車繞回他的公司去上班。我還記得，金色的晨光總會從溫娣二樓的透明玻璃窗灑進來，我們總是就著陽光，佐著漢堡、薯條與咖啡香，共度那短暫而沉默的二十分鐘。那個我和父親兩人共同擁有的永恆畫面，日後總不時地在我腦海中暫停、格放。

也是在那段時間，父親受洗成為基督徒，他和母親虔誠地每週去教會做禮拜，或許，他是意圖用信仰撫平這一生的失落與挫敗吧！

後來，二個姐姐陸續結婚生子，父親有了外孫，自然是疼到骨子裡，他每日下班後便抱著小寶貝到便利商店買玩具，每天買一個，沒有例外，那種寵溺，彷彿是要彌補他年輕時在三個女兒身上沒有做到的一切。

在他逝世的前幾年，三姐妹只剩下我還住在家裡，但我總是窩在房間裡做自己的事，不太搭理雙親。常常，夜已寂靜，還會聽見客廳傳來人語，循聲出來探看，只見父親一個人坐在沙發上，腦袋疲憊地低垂著，作響的低沉鼾聲，不甘寂寞地和螢光幕裡籃球轉播的高亢音調相互呼應。

出社會四年後，我也步入人生的另一階段。

結婚喜宴那日，發生了一件插曲。父親覺得招待人員對客人座位的安排不周全，在婚禮現場發了一頓脾氣。我問了那位幫我做招待的朋友，他卻一臉迷惑不知錯在哪裡。後來翻看結婚照，發現父親臉上的笑容極不自然，我原本以為那是因為他嫌棄招待工作做得不好，但二十多年後的此刻，我才恍然大悟：那是一個父親送最後一個女兒出嫁的複雜情感，帶點無理取鬧、帶點淡淡的悲傷、帶點不捨。

一九九四年五月的某個早晨，父親起床進入廁所盥洗時，嘴裡突然噴爆出大量的鮮血，白瓷色的洗臉台旋即被沾染上怵目的紅色血漬，那時我還不知道，我們此生的父女情緣即將走到盡頭。

父親得了肝硬化。

那個早晨的吐血到後來變成常常發生的驚怵畫面，接踵而來的症狀是血尿與血便。家裡沒有男孩，初期所有的看護工作全賴母親和我們三個女兒，擦澡、更衣、換尿布，昔日那尊偉岸的軀體虛弱得有如剛出世的嬰兒。除了小時候去澡堂，這是我長大後第一次看見父親的赤裸身體，我無法不直視他製造出我們的那個隱晦器官，如今癱軟無力枯槁地下垂著。替他換尿布時，他不是在昏睡，就是張著早已空洞失焦的眼神望著我們，那是一種充滿歉意的凝視。有天他有氣無力地對我說：「對不起，讓你們做這種工作。」我搖搖頭，說不出話。

剛開始我以為父親終究會好起來，畢竟他原本是那麼強壯巨碩，但看著他的體重從九十多公斤一路暴瘦到五十，原本粗壯的大腿變得乾癟見骨，眼眶凹陷眼球突出，大肚子也像洩了氣的球一樣鬆垮地層疊在身上，我知道父親來日無多，但我從沒聽過他叫疼，最多只見他皺著眉頭，忍著痛苦讓病魔恣意地奪取他的人生。

父親一病就是半年多。母親一人照料他，每日往返醫院、家中，身心早已不堪負荷。當病情日益嚴重、腹水一抽再抽，依舊藥石罔效時，母親向上帝呼求無用，轉而求菩薩，甚至求助身心科醫師，但未語淚洗流，在醫生面前，她徹底崩潰地痛哭。

夜半，靜謐的病房會讓白天糾結的心情漸漸平靜，也讓人對明天有所期待。我常常在夜裡執起父親的大手掌細細端詳，那雙手掌，是能輕易地把我的童年舉起、為我仔細搓ㄎㄣˋ、為我耐心擦藥的溫柔手掌，也是病魔唯一沒有在他身上烙下痕跡的器官。那寬闊的手背依舊厚實，但掌心卻是冰冷。夜深人靜時，我會坐到他的床邊，一邊握著他的大手，一邊念著聖經向上帝祈禱。那段時間裡，我總是不住地禱告，在上班的空檔、在公車上、在做家事、在任何想起父親病痛的時刻。我原不認為自己是一個基督徒，但那時我心裡是如此敬仰上帝、相信上帝，我總認為祂終究會聽到我的祈求，顯現神蹟。

不知為什麼，父親常常會在夜裡三點多醒來，張著大眼對著天花板發呆一陣子，然後又沉沉睡去。有一次我問他，他在半夢的恍惚中對我說：「每天這個時候最難受。」我聽了心好痛，卻什麼都不能做，只能把父親的手握得更緊。

他去世的前一天夜裡，剛好輪到我陪病，到醫院時看護對我說，父親今天精神很好，和她說了很多話，聊了很多舊事，她說很久沒看過父親這個樣子了，我聽了很高興。那夜，我握著父親的手，感謝上帝應允了我的祈求。但後來我才知道，那是所謂的「迴光反照」。

天亮後回到家補眠，臨近中午電話響起，我貪睡不接，任它響了兩次。直到一小時後，電話再度攪亂我的睡意，結果竟是婆婆打來，告訴我父親已病危。我滿是悔恨急急趕到醫院，他尚未嚥氣，只是眼睛已經緊緊閉起，任由我們在旁呼喚哭泣，他始終沒有睜開眼再看我們一眼。當心跳儀上的那條線嘎然靜止不再出聲，好幾個醫生與護士衝進來拿起電擊器，試圖要讓他重返人間，但大姐激動地對著他們哭喊：「你們不要動他！」

我們跪在他的床邊，叩謝他的養育之恩，淌著淚，讓聖樂送他回到天家。

現在回想起來，父親的告別式，竟似婆婆葬禮的預演。

他是受過洗的基督徒，身後理應是舉行追思禮拜，但他生前並未交待我們要用何種方式走完人生，而全家人首次面對至親的死亡更是慌亂，沒有人有心思去預想要如何進行所有的儀式，於是，葬儀社一手主導了父親最後的旅程。

告別式當天，禮堂門口左邊高聳著一座罐頭塔，右側是一座綴滿白色花朵的十字架花圈，整個儀式的進行，則是依照中式的叩首跪拜，突兀，但真實。

儀式還未結束，一隻孤零零的黃蝶突然飛進了禮堂，流連久久不肯離去，那黃蝶彷彿是由父親的魂靈幻化而成，悄聲而輕盈地旁觀自己人生的最後一段路。

我時常在想，父親在沉睡時知道我握著他的手嗎？還是他根本沒有知覺？但我相信，他一定是知道的，因為即使身體承受莫大痛楚，他也從來沒有把手抽回去。

我總覺得，父親六十二歲的生命太過短暫，算一算，我和他只有二十九年的緣份，扣掉那些因種種意外而分離的日子，我們真正深刻而親密的相處時光，實在太少，太短！我好害怕有一天，我終將忘記那些曾經共處的片刻，只記得那只黃蝶在靈堂孤獨飛舞的悲傷景象。

「我雖行經死蔭的幽谷，也不怕遭害，因為你與我同在，你的杖、你的竿，都安慰我……」那些我在陪病日子裡的祈禱呼求都落了空，後來，我便再也沒有翻過聖經。

第二章 死亡是怎麼回事？

早殤的生命——同窗的故事

沒有同類，沒有死黨，被全世界孤立，無人了解。她的人生，早已被貧窮擠壓成苦役的零落碎片。而年僅十三歲的我們，沒有人懂得死亡是怎麼回事。

夢想的微光——老師的一句話

大多數人都會快樂積極地擁抱夢想，而我總是消極地竭力隱藏。「你有一枝不平凡的筆！」是嗎？但願我有。

早殤的生命——同窗的故事

她像是一縷瑟縮在角落的灰色幽魂。

在那沉悶卻流竄著蠢動不安荷爾蒙的無聊課堂裡、在那身形舉止競相從女孩轉變為女人的空間裡、在那五十幾個女生呼出來的鼻息共同充斥著性成熟的青春慾室裡，她卻是唯一靜止的、透明的、無味的、沒有聲息的，明明存在，卻又似不存在。

那是苦澀伴隨著無知的年紀。

十三歲，半大不小，才褪去稚氣的國小制服，進入國中全然陌生的環境，不但心智面臨著重大的轉變，怪異扭捏的行為也隨著女性特徵的出現而令人生厭，再加上耳上一公分的西瓜皮髮型，面子不怎麼樣，裡子卻孤僻、自視甚高，在這個所謂的升學班裡，我是終日板著一張臉孔、冷酷而不易親近的怪咖。

正值青春期的五十多個女生，難免有些算不上勾心鬥角的小小結盟；好學生多半與好學生相交，成績差的就和比自己更差的鬼混；誰討厭誰、誰最愛打小報告、誰老愛站在走廊偷看對面的男生……，種種幼稚戲碼是升學壓力下讓生活不致枯燥的唯一樂趣。而我，那時總似懂非懂地沉醉在赫曼赫塞的《徬徨少年時》與卡夫卡的《蛻變》裡，不屑與那些不懂文學、不會思考、終日只注重外表的同儕共處，也暗自貶抑那些輕薄無知、膚淺可笑的少女情結。一開始，我總在外圍冷眼看著這些矯情作態（可能在別人眼裡矯情的是我）的遊戲從不加入，直到莫名被選上了學藝股長，不得不與師長、同學有頻繁的接觸，我無可避免地也擁有了自己的小圈圈，而那裡面的核心成員不是班上的幹部，便是人們眼中的「好學生」。

但她卻像是一個遊魂，沒有我們這個年紀獨有的半生不熟的青澀氣味，也不屬於任何小團體，確切來說，她是那種人們不會注意的平凡到不能再平凡的角色，即使連她那出乎尋常的沉默都不會引起人們的好奇。不寫功課，不交作業，考試成績總是墊底，在那個還有體罰的時代，老師的教鞭常常是毫不留情地在她手心來回抽動，但即使痛，我從沒有聽她發出一聲哀叫，對於老師的問話，她也僅固執地用點頭搖頭來代替回答。

沒有同類，沒有死黨，沒有人在乎她，當然也包括我，因為那種被名次遺棄、被老師同學孤立的世界，從來就不是我的世界。同班一學期，我想不起曾經和她有過任何對話。如今翻遍大腦記憶體，追蹤她的樣貌，她的五官臉孔就像在資源回收桶裡被永久清除的檔案，連存在過的痕跡都沒有。我努力回想，只浮現一張沒有背景的黑白畫面，她的輪廓宛如用黑灰炭墨勾勒出的一個單薄平面形體，毫無光線陰影、明暗對比。

五官雖是模糊的，但包裹她身軀的外在卻如此鮮明：她的皮膚灰黑暗沉，剛發育的豐乳肥臀讓她的體態極為突出，僅僅靠著一條塑膠黑皮帶將胸部與腰腹勒出一點點的喘息空間。她的白色上衣制服和大家的亮白色不同，雖然並不發臭，卻像是久未清洗且穿著過度導致泛著類似油布的光澤，衣料薄透如紙，隱約還可以看到那對堅挺的雙乳幾乎就要從衣釦中迸出；她的頭髮總是溼黏油膩根根分明，緊貼著她圓潤如月的雙頰。外在的形象與內在的沉默交融出一層看不見的保護膜，正好替她阻絕了一切可能的譏諷與嘲弄，沒有人會主動和她說話，沒有人是她的朋友。我總覺得她的全身好似蒙上一層洗不掉的灰，並不由自主地打從心裡發出極度的嫌惡。

她像是一縷瑟縮在角落的灰色幽魂。

在那沉悶卻流竄著蠢動不安荷爾蒙的無聊課堂裡、在那身形舉止競相從女孩轉變為女人的空間裡、在那五十幾個女生呼出來的鼻息共同充斥著性成熟的青春慾室裡，她卻是唯一靜止的、透明的、無味的、沒有聲息的，明明存在，卻又似不存在。

同樣生長在台灣經濟起飛的六十年代，但牽繫著我們的命運之鍊竟是如此迥異。那時，父母親帶著我們三姐妹搬到這個以公園聞名的社區，就讀的國中正處於新興與老舊住宅交界處。學校北方，是夙來有名的文教區，居民多半是老師、工程師、公教人員等中產階級，住在這裡的同學不是學鋼琴，就是學舞蹈、書法等各種才藝。仔細審度她們的穿著與用品，可以發現她們的生活優渥，我心裡雖欣羨，但也並不與她們密切往來。

學校南方原本是一片稻田，鄰近機場，因規劃為新興社區，建商蓋了不少新式公寓，住戶泰半是由別處搬遷而來的小康家庭，我家就是其中之一。

而校園東方，則是一大片未開墾的山坡地，山腳下雖也有零星幾戶平房，但相對於北邊的文教區與南方的新社區，這裡人煙極稀。再往裡走一點，就是整遍荒煙漫草與參天蔽日的樹林，我曾和同學在那陰冷潮濕、散落腐枝爛葉的暗黑山林碎石路上採集過植物標本，總覺身旁好似隨時會冒出鬼故事裡的魑魅魍魎來，若不是要交作業，我才不會踏進那陰森駭人的鬼地方。

然而直至悲劇發生的那一日，我才知道，那個荒漫陰鬱、終日暗黑、死氣沉沉的「鬼地方」，不只迎接了她的出生、注定了她的貧窮、還冷漠地見證了她的死亡。

她自殺了！在家裡灌下了父親種田用的農藥巴拉松。巴拉松！超強的劇毒，只要輕輕的嗅聞到一點點、皮膚沾染到一滴滴，就足以致命。她喝下了一整瓶，連救的機會都沒有。平常很少關心她的導師在課堂上哭得很傷心：「家裡沒有錢讓她升學，要她暑假休學回家幫忙種田，但是她想要繼續念書。」除了驚訝，沒有悲傷、沒有嘆息、沒有同情，全班的反應竟是出奇地沉默與冷靜。也許是因為，沒有人是她的朋友，也許更大的原因是：僅僅十三歲的我們，沒有人懂得「死亡」是怎麼一回事。

原來，她的人生，早已被貧窮擠壓成苦役的零落碎片。種田除草、料理家務，才是她不得不交的作業；她終日沉默無語，是因為她沒有可以和我們分享屬於這個年紀應有的快樂與生活經驗；她成績落後，不是不想念書，而是根本沒有時間念書。升學，對一般人來說是如此簡單而理所當然。我們每天帶著母親做好的便當上學，偶爾還有點零用錢可以買自己喜歡的小東西，甚至還有閒錢可以去補習，我們卻仍是嫌棄，嫌棄母親做的便當不好吃、嫌補習班太遠、嫌零花錢太少、嫌外出服不夠多、不夠好看……

我不記得當時為什麼會去送葬。和三個同學與導師。

那日，我們一路沉默地走了大約十幾分鐘後，在那半山腰處的坡地上找到了她的家。說是家，不過是比破敗工寮稍好一點的灰暗土屋，我站在門外向內張望，瞄了瞄裡面的陳設，沒有電視或冰箱什麼的家電用品，只有一張似乎是用來吃飯的四方木頭桌子和幾張散落在旁的板凳，孤零零地代表著這房子裡最值錢的物品。

她的父母看見我們，拘謹地併排站著向老師躬身點了點頭，四周的空氣陷入凝結。我偷偷地望著這對因悲傷而看起來身形更矮小的父母，他們有著和女兒一樣的黎黑皮膚，帶著種田人獨有、久經日頭曝曬的粗糙皺摺肌理；他們也有著和女兒極為相同的沉默表情，但那沉默有點像是來自貧困環境底層的尷尬，他們似乎不知要怎樣和有學問的老師應對、和女兒的同學應對，而更多的沉默恐怕是不知要如何和即將來臨的生死訣別應對。他們沒有哭泣，但表情比屋內的土灰色牆壁還要冰冷死寂。

我瞥見一只土黃色的大草蓆被人捲起，突兀地放在屋內一角，順著目光望去，靠近我的草蓆這端隱約露出一截白色衣角。她在裡面。

屋子外頭有一個穿黃色長袍的道士，一邊執鈴搖晃一邊對著草蓆口中念念有詞，門前不遠處還有一個挖了一半的洞穴。我不明白出現在我眼前的這一切所代表的意義，但一種詭異的新奇感竟沖淡了我對死亡的恐懼。我開始專注這個完全在人生經驗之外的神祕儀式。道士的誦經聲停了下來，並用手示意她的父母向前，只見他們一前一後抬起黃色草蓆往屋外的洞穴走去，剛開始兩人的腳步似因草蓆的重心不穩而導致踉蹌，但他們彷彿隨即習慣了屍體的重量，調整了步伐，扛著沉甸甸的草蓆繼續往前走。是怕女兒在裡面受到震動吧，他們動作極輕柔地將黃草蓆慢慢放進洞穴，儘管如此小心翼翼，草蓆落下的時候，我還是看見空中揚起了一點點黃色的塵土。

道士又念了很久很久的經文。

念經聲再次停歇。

她的父母一人手執一把鏟子，開始鏟起洞穴旁的黃土，往黃草蓆上覆蓋，這回，無數的塵沙理直氣壯地在空中如起乩般隨風狂舞，這對令人同情的父母再也無法保持緘默，他們原本緊閉的雙唇激動著抖出令人鼻酸的悲嚎。我看到老師拿出手帕默默拭淚，同學也在低聲啜泣著，那黃色的土堆隨著哭泣聲愈堆愈高、愈堆愈高，直至黃草蓆沒入隆起地平線的黃土中，再也看不見。

就這樣，一具屍體在我面前入土埋葬，用一種毫無掩飾、最直接原始的方式，而那具屍體在幾天前還是一個活生生的形體，一個每天會在我眼前出現，我卻視而不見的形體。沒有棺材、沒有墓碑，只有一坏黃土，還有一對將女兒送入入墳塋的純樸夫妻。這是我人生中參加的第一場葬禮，但往後我所參加的任何葬禮再也沒有像這次一樣，如此荒謬、如此淒涼、如此悲哀。她從頭到尾都在黃草蓆裡沉默著，一如她在世時對這個世界的無言抗議，只是這一次，她的沉默將隨著露出的那截白色衣角，永遠遁入虛無地底。

十三歲的我並未意識到，就在那一刻，這只將青春無情捲逝的黃草蓆，編織了我對未來人生的悲觀與絕望。

夢想的微光——老師的一句話

我似一個躲在角落的鬼魅，不僅窺探別人的行為，直搗他人的內心，還妄自虛構幻想他人的喜怒哀樂、幸或不幸，去嘲諷他人的虛偽做作、真或不真，讓自己沉溺其中而難以自拔。

叔本華，悲觀主義與宿命論者，他認為人生是痛苦的，生命是不幸的。無可救藥的，我恰好是他最忠實的信徒。

一樁悲劇的影響有多深遠？此刻細細爬梳前半生的人生歷程，十三歲的那場意外，或許就是將我推向悲觀主義的無形黑手。每當我重新思索那個悲劇，記憶回到黃土洞穴的那一天，心裡總牽纏著錯綜複雜解不開的結：她為什麼會有尋死的念頭？為何有勇氣做這樣的決定？她到底知不知道死亡是什麼？當她拿起巴拉松一飲而盡的剎那曾不曾後悔？那劇毒穿過喉嚨一路燒熔到食道、胃部、腸子的巨大痛苦，一個十三歲的孩子怎麼能忍受？她為何不順服地向命運低頭？為什麼老天要讓一個只想讀書的孩子遭受這樣的磨難？為什麼是她生長在那樣貧困的家庭而不是我？

十三歲的我對世事懵懵懂懂，還未領略成長的喜悅與未來人生的美好，死亡卻大剌剌地在我眼前展示了它的殘酷，也許那場悲劇不只奪取了一個孩子的生命，也在我內心深處烙下一個無法癒合的創口，我卻毫無知悉。如今回望過去，撥開那用死亡所織就的哀傷之網，才發現我對人生的悲觀與宿命，是來自黃草蓆裡的無言控訴：原來，生命只是一場充滿虛無而孤寂的旅程。一個人來，一個人走，是老天早已安排好的，任何人都得絕對遵行，沒有例外。

她死了，僅僅十三年的短暫一生化為一坏黃土，證明她曾經來過這個世界。她的人生永遠停格，而我的人生繼續前行。如果當初她認命地接受一切安排，現在又會是怎樣的光景？而我們這些活得好好的人，日後一樣會經歷各種磨難悲苦與欲望掙扎，既然到最後我們都會走向生命的盡頭，那麼哪一種人生比較幸運？

至於葬禮，那到底是表達對死者故去的遺憾，還是對自己仍好好活著的慶幸？道教、佛教、基督教，各式各樣的告別儀式在我眼裡不過是一場場充斥淚水、主角永遠不會重覆的狂悲派對；不過是一場場唁客來來去去、安慰生者的乏味演出。告別式場上高掛著往生者名字的那個牌樓，其實是對生命的無言嘲弄，不管製作得再精緻華美，二、三個小時後，工作人員又會忙不迭地拆掉牌子再換下一個人，哦不，是下一個往生者。不管你的一生有多精彩或是多貧乏，一旦死去，你的人生宛如瞬間被濃縮成幾十分鐘的舞台劇，你明明是主角，卻不用參與演出，幸運的，會換來一批批生者幾分鐘的淚水與悼念，或是在日後某個被人憶起的時空裡換來一聲長長的嘆息；不幸的，就像是黃草蓆裡微不足道的渺小生命，生時無人知曉，死後無人在意。不論幸與不幸，不需要太久，活著的人便又開始貪歡好逸、過著自己的尋常日子去了。

每去一次葬禮，對人生的看法就又漠然悲觀了一些，我咀嚼著生命的諷刺意味，也慢慢剝去了被害怕與恐懼包裹的死亡外衣。生命的盡頭，不過就是一張黃草蓆罷了！人生充滿了無奈、痛苦和空虛，最終還得和死亡妥協，那麼所有初始的喜怒哀樂愛恨嗔癡，所有後來的奪取與給予、醉生與夢想、成功與失敗，似乎都沒有太大的意義。人終究是要化為塵土，消失在這個現實且不完美的世界。

我極不喜歡看到電視選秀節目裡評審問選手：「你的夢想是什麼？」每個人被問到這個問題，多半眼睛發亮，閃著熠熠的光芒，開始侃侃而談他的想望，說到激動處還會流涕痛哭，底下的評審和觀眾聽了，若不是被感動地用力鼓掌，就是與他一同流下激情的淚水。大多數人都會快樂積極地擁抱夢想，而我總是消極地竭力隱藏。

十七歲時，國文老師在我的作文本子寫下：「妳有一枝不平凡的筆！」第一次被這樣讚美，我欣喜莫名，一看再看那以鮮紅墨汁寫下的字跡，愈看愈覺得這九個字彷彿是對我十七年人生的「硃批」、是老師對我的寫作才能完全肯定的一個「承諾」。於是，不知天高地厚的我許下了日後要「當作家」的志願。從此，「妳有一枝不平凡的筆！」這九個字，陪著我一路從赫曼赫塞、卡夫卡跳進更廣袤無垠的文學世界。我開始沉迷於閱讀更艱澀難懂的作品，愈是冷門孤怪，愈覺得能讓自己陶醉在高人一等的文學品味裡。

但二十歲的一場家變，徹底擊潰了那九個字帶來的自信，我忙著打工賺錢養活自己，那個「當作家」的遠大志向就這麼從我的生命中叛逃；直至結了婚，有了孩子、家庭，生活步入穩定的軌道，我慢慢一步步尋回了寫作的欲望，但也僅止於想，礙於現實，我只能把那個想望收藏在床頭那層層疊疊的書冊夾縫裡。

然而當閱歷漸增，看的書愈多，探索文字領域愈深愈廣之後，這才羞愧地發現自己是多麼空乏與有限！在文學的大千世界裡，我恐怕連一粒小小的沙子都算不上！我不得不告訴自己，那九個字不過是老師一時想不出其它評語而寫下的謬讚，而我竟天真地信以為真。

可是，每每浸淫浩瀚書海時，「妳有一枝不平凡的筆」這句話總不時和書本上的字句一起出現在我的眼前。弔詭的是，一旦午夜夢迴心思無比澄澈時，卻總有另一個聲音冒出來嘲弄自己：「如今這個時代，要寫一本書是何其簡單？但寫那些書的人充其量不過是作者，哪能稱為作家呢？哪能與我心目中的大師等量齊觀？掂掂自己的份量吧！我並沒有驚人的天分，我就只是『我』而已。寫作又如何？不寫又如何？寫與不寫，我的人生結局都相同，不會改變。」

夢想，就這樣在退卻與前進之間痛苦擺盪。

四十歲，同輩中已有不少人在專業的領域嶄露頭角，看著他們的成績，在欣羨的同時，卻總會湧現一種無法言喻的傷感。是妒嫉嗎？不是！是想揚名立萬嗎？更不是！那傷感比較像是一種矛盾的痛苦，覺得自己想飛的臂膀被環境所壓制、被現實所斲傷：「我也有能力，只是沒有機會和舞台。」於是，一些自己發明的詭辯輕易地安慰了那些矛盾：「若不是因為今天的環境限制了我，我也會和他們一樣。」「與他們一樣又如何？我又不愛名，不愛利！」

五十歲的此刻，我抽絲剝繭過去扭曲分裂的心態後，才恍然大悟：那是來自對所處環境的一種失衡的妥協與抗拒。

原來，我總覺得自己沒有能力與權利去選擇想走的那條路，於是我一直說服自己安於現狀，寫作也好、工作也好，許多年來，我一面催迫自己不斷地吸收知識、努力成長，一面又以環境為藉口限縮了自我發展的可能性。不敢改變、不敢追夢，但又不甘心，我用消極的思維給自己的「不變」找到一個立足處，卻又終日陷溺在「必須改變」的壓抑與矛盾糾結之中。

就這樣日復一日、年復一年，我讓自己長期處於一種糾結的狀態：我喜歡偷偷地「寫」，但不喜歡「被看見」，我習於把所有的心思意念藏在心裡最底層幽暗的角落，不願被人摸清猜透。我不喜歡「被看見」，卻樂於「窺探別人」，我似一個躲在角落的鬼魅，不僅窺探別人的行為，直搗他人的內心，還妄自虛構幻想他人的喜怒哀樂、幸或不幸，去嘲諷他人的虛偽做作、真或不真，讓自己沉溺其中而難以自拔。我睥睨所有表現在外顯的生活面目，不論它是好與壞、真與假、是與非、善與惡。我總幻想人的假面，卻看不見人的真實。於是，愈偷窺，就愈陷入悲觀與宿命的泥沼，愈偷窺，就愈不快樂、愈覺得生命充滿了虛無。人多的時候，我不自在，歡樂的場合，我會感傷，最深沉的孤絕感常常在快樂將盡的時候突然來襲！人們只看見我外在的冷漠，卻看不見我內心巨大的空虛與分裂。

生活，像一灘靜止的水，不會流動。

而空虛，則像一個有著強勁吸力的巨大黑洞，拉著人不停往下隕墜。

人生到底是以何種方式向我揭示它的無奈？

從小，我們接受的是威權的教育，成長於不能說「不」的環境，所以，我總是害怕被處罰，害怕那失控的情境帶來的不安與恐懼感，長大以後，我害怕人際關係的不和諧會重現那種痛苦感受，為了保有圓滿良好的氛圍，我常常做出違背心意的決定，去討好周圍的人，我總是壓抑著自己最原始根本的意念，去迎合別人的喜好。

因為我害怕且沒有勇氣去承擔任何人與事的「決裂」。

我總是安於現狀不敢改變，卻忽略了那個與生俱來的倔強靈魂從來沒有離開，於是，這麼多年來，我無時無刻都在自我肯定與否定之間爭戰不休、在勇敢行動與膽怯裹足之間矛盾糾葛。每當那個想「寫」的欲望出現，就會被悲觀與消極的勢力反噬，於是最後得勝的，總是安於現實的那股力量。

奇怪的是，即便在多年後的今日，我閉上眼睛，仍能清晰憶起高中作文本上那九個字的細微字形與筆觸。而當我再去深究自己隱伏了幾十年的寫作動機後，我才驀然發現，那是想要兌現一個承諾而做的宣示：「你們所認識的那個我，不是真正的我。」

「妳有一枝不平凡的筆！」

是嗎？

但願我有。

第三章 洗腳×悸動

生死思索——病劫過後

原來生命只是一場充滿虛無而孤寂的旅程，一個人來、一個人走。在死亡來臨之前，是不是得先想想要怎麼好好的活？

去做點什麼——開啟生命之旅

突然，我好像找到了開啟神祕國度的那把鑰匙，原本空虛的心靈角落似乎也被觸動，要「去做點什麼」。

生死思索——病劫過後

她開始幫我清洗一根根腳趾與趾縫處，並仔細為我搓去腳背與腳底的髒污。她專注地低著頭，我的視線所及只有她頭頂的粗硬黑髮、因蹲踞而突出的一對巨大膝蓋骨，以及那雙在我腳上來回輕搓、布滿青筋的大手。

三十四歲的人生，有如一顆輕熟的果子，雖然生命的歷練還未成熟得讓人看透所有世事，但該經歷的過程也都經歷過了。工作、結婚、生子，我在同一個職場中順遂地進行著這些人生中的大事，然而原本規律的生活，卻因一樁突如其來的事件搞得天旋地轉。那是人生一段意外的旅程，是發現生命原來如此脆弱的一個瞬間，若命運之手在決定生死的罅隙間轉了向，那麼今天便不會有這本書的出現。

自高中從公車上跌落至人行道的那一刻起，椎間盤突出的毛病便和我如影隨行，我早就習於應付它神出鬼沒的疼痛，它會在我疲憊不堪的時候警告我，或在我不小心提了重物之後發作，幸運的是，多年來我就這麼與它和平共處，沒有更好、也沒有更壞。

一九九九年漸入夏季的一個六月天，右後腰突然又出現莫名的劇痛，我以為困擾我多時的舊疾又犯了，於是照著以前的方法，休息、熱敷、擦藥。第二天劇痛未消，我並未在意，以往痛個幾天是常有的事，我仍照常看顧孩子、照常上班。一路忍到午夜下班，一股從未有過的奇怪感覺掩蓋了疼痛，彷彿全身的五臟六腑都移了位，無法形容的焦灼難受開始蔓延。返家後，發冷發燒接續而來，且伴隨著無法控制的寒顫。

腰疾復發是不會打冷顫的。我以為自己患了重感冒，「泡個熱水澡吧！」也許流些汗會感覺好些。泡完澡後跑上床蓋了好幾層棉被，牙齒仍不自主地上下碰撞、全身不停地哆嗦顫抖，我還在心裡自嘲：這應該就是所謂的「打擺子」吧！

就這樣痛苦地一夜未眠，捱到第二天清晨，拖著病體打起精神去附近診所就醫，醫生看了看問了幾句，也判斷是感冒。打了退燒針，拿了藥，吃了幾副，沒想到發燒打顫的情形並無好轉，再忍了一天，換另一家診所試試，一樣拿了藥回家，但燒熱依舊不退，恐怖的冷顫也仍未消停。

又熬了兩日，病情依舊，我心想這感冒病毒也太過頑強，家人焦急地將我送往附近的地區醫院急診，做了一些初步檢查後便辦住院，但高燒仍從白天持續到夜晚，醫生也查不出所以然來。婆婆特意煮了稀飯給我，但沒吃幾口就馬上嘔吐出來，之後我便再也無法進食，醫院緊急幫我插上了鼻胃管。

那細長的管子從鼻腔漸漸伸入，經過喉嚨、食道、胃、腸，一路頂著我的器官寸步前進，我癱軟地躺在病床上，一邊抑制想要扯掉這條管線的衝動，一邊努力習慣它的存在，還得不時忍受那股難聞的塑膠氣味從胃部往上竄至鼻腔。

這是一間很小的醫院，整個樓層只有我一個病人，病房裡的燈光慘白死寂，但我已不知道什麼叫做害怕，眼睛半睜半閉，全身無力動彈，護士像是穿著白衣的幽靈無聲出沒，我任由他們擺布我完全無自由意識的軀體。我醒了又睡，睡了又醒，打不完的點滴將二十四小時切割成夢境與現實交錯的片段，清醒的時候，就看著自己腸胃中未消化的食物變成綠色的腐蝕液體，汩汩地從鼻胃管流出；昏沉的時候，腦子裡波動著千百萬種混沌不明的影像，思緒也毫無邏輯地瘋狂爆走。

二姐夫是小兒科醫生，見我竟日高燒不退直覺病情不單純，和家人商議將我馬上轉到較有規模的教學醫院。於是，已經好幾日未梳洗進食的我，就穿著邋遢不堪的睡衣，鼻孔插著一根管子，狼狽虛弱地坐上了計程車轉院。忍著全身的難受再經歷一次急診的過程，然後就是無盡的等待。等病房的同時，發燒的狀況因施打抗生素時退時起，臉上也出現水腫。神智恍忽中終於進到了病房，醫院馬上安排做各種檢查，想要找出高燒不退的原因。

那幾天生不如死的日子有如一場混沌迷亂的夢魘。誰來探病、醫生說了什麼，完全一片空白，鎮日裡就是昏沉沉地，有時感覺自己像是墜入無邊的黑暗深淵，又彷如泅泳於深不可測的海底，睡睡醒醒，完全不知現下是白晝還是黑夜。

第一次，感覺自己像是快要死去。

有一天，我甚至在恍忽昏睡中見到了過世多年的父親：那條鼻胃管幻化為一根繩子拉著我往空中升起，靈魂彷彿和軀殼脫離。我的雙眼緊閉無法睜開，但大腦的活動沒有停止，我意識到自己漸漸浮起，一直浮到白色的天花板上。我並沒有看到自己的軀體，卻看見了父親。他在一個無色透明的、似是一個封閉而死寂的空間，四周有著看不見的圍牆將我和他阻隔，我見到他，很欣喜地想上前去擁抱，但只見他以從未有過的嚴肅表情厲聲問道：「妳來幹什麼？」我感覺奇怪，就止住腳步，沒有再上前。帶著些許的惆悵，就這麼自幻境中返回現實。

病程進入了第八天，鼻胃管仍繼續對腸胃進行著三十多年來的第一次大掃蕩，我因無法進食，整個人瘦了一圈。這一天，婆婆來探病，她見到躺在病床上的我欲言又止，煮完一壺開水的時間後，她突然說：「幫妳洗洗腳吧！」好幾日沒有好好梳洗，我知道自己看起來一定又髒又臭，我沒有多想，只能虛軟無力地點點頭。

她逕自去廁所拿了臉盆，端了一盆溫水出來，先將我從病床上扶起坐在床沿，然後蹲在我面前，抬起我的雙腳放進臉盆，開始用毛巾溫柔地擦拭，「水會不會太燙？」她抬頭問，我搖搖頭。於是她開始幫我清洗一根根腳趾與趾縫處，並仔細為我搓去腳背與腳底的髒污。她專注地低著頭，我的視線所及只有她頭頂的粗硬黑髮、因蹲踞而突出的一對巨大膝蓋骨，以及那雙在我腳上來回輕搓、布滿青筋的大手。

眼前這個人，我理應對她帶著敬畏，眼前這雙手，我雖不陌生，卻因輩分而從未刻意牽握過。但此刻她卻用她的手覆在我全身最骯髒的部位，毫不在意更不嫌棄地認真洗滌起來，就好像是為她的孫子、我的兒子洗腳一般自然。

這一輩子，除了母親，沒有人用這樣的方式呵護過我。

然而我就這麼無力地坐在床沿，木然地看著她為我做這一切，我覺得自己該說些什麼，但卻一句話都說不出來。

在這彼此靜默不發一語的洗腳過程裡，我對這溫柔的碰觸從一開始的尷尬，慢慢演變成不敢直視的羞愧，最後以一種無法言喻的親密與不必說破的悸動告終。

將近一個月的病程，輾轉換了四家診所、醫院，終於找出了病因，原來我的右臀裡蓄積了很多細菌，細菌快速繁殖，形成了一個大膿瘍，若再晚一步，恐怕膿瘍會破裂，引發敗血症。在打了兩個禮拜的抗生素、做了兩次痛不欲生的膿瘍穿刺引流後，我彷彿從生死邊界迷走了一回。

這一場驚心動魄的「旅程」終於結束，我恢復了進食，重新嘗到「活」著的滋味。當頭腦回復澄淨清澈、終於能好好回想婆婆為我洗腳的那一幕時，我的視線漸漸模糊了。

為人洗腳，是多麼謙遜而卑微的動作，那是為了宣揚孝道的社會活動、是為了讓晚輩向長輩表達孝心、展演性質大於實質意義的一種儀式。但我不曾聽聞一個做為婆婆的人，會為沒有血緣關係的媳婦甘心情願彎腰屈膝地為她洗滌雙足。我不知道身為基督徒的婆婆有沒有聽過耶穌為門徒洗腳的故事，但我相信她為我做這件事，出發點再簡單不過了，就是她視我如己出，愛我如女兒，一個做為母親的人，當然願意為自己生病的孩子清洗身軀；我和她之間沒有身分上的隔閡，只有因愛而牽繫的親密。

後來，在她生病的日子裡，我幾度望著她的孱弱身影想要表達我的感謝，明明知道再不說她此生可能就沒有機會聽到了，但吝於顯露真實情感的我，話到嘴邊就是沒有勇氣說出口。看著她日益消弱的病體，我一直很想找機會還報，為她洗洗澡、擦擦身體，即使是洗把臉都好，但她總是揮揮手不讓我靠近。她愈是以自尊拒絕我，我就愈是陷入無盡的自責與愧疚。而今回想起來，唯一能稱得上回報她的一次，就是在她往生前一日，扶著她去如廁，讓她對鏡做了人世間的最後一次回眸。而這樣的回報，比起她為我做的，根本微不足道。

婆婆的過世像是一個啟示。

她是何時開始意識到死亡將臨？

在她想要去廁所之前她是否知道那將是她人生的最後幾秒鐘？如果她還能知覺到尿液已經脹滿了膀胱，那麼表示她的肉身仍舊聽從大腦的指揮，感官意識無比清楚，當她閉上眼睛嚥下最後一口氣時，她是否能明白生命已經到了終點？有沒有留下遺憾？

婆婆的生命價值，在於為她所愛著的人無怨無悔地付出，但她在人世間最後的日子，堅持要為自己留一分自尊，乾乾淨淨地告別。她拒絕任何治療，看似從一開始便為自己判了死刑，但我們不是她，只有她自己才有權利決定要如何面對病痛、面對死亡的來臨。

我一開始並不能理解她拒絕一切奧援的不近人情，如今反思她的人生、她的決定，我似乎明白了：她在死神面前毫不卑微地乞求，她要自己主導最後的生死劇本，那是一種對肉體、靈魂、生命的完全掌控，不願交付在別人手中。看在外人眼裡，或許會責怪我們沒有盡全力去挽救她的性命，但，那是她的決定，旁人無從置喙。也許，她忘了安排最後的告別方式，是因為她根本不想安排，因為彼時她的肉身與魂魄早已超脫到另一個境界，任何儀式對她而言都沒有意義了。

我開始想像，如果有一天，我面臨和婆婆一樣的生死抉擇，我是選擇治療？還是就此放棄？如果明天就要離世，我這貧乏不堪的人生又留下了什麼？我甘願就這樣空著手來空著手走，告別人間摯愛嗎？我真如自己所想的那般灑脫，看透一個人來一個人走的宿命嗎？在人生最後的旅程，我要像婆婆一樣，選擇獨自承受死亡的恐懼，還是要接受家人對我的幫助與寬慰？

在我與病魔展開抗爭時，我是不是要讓孩子了解：這是怎樣的一條漫長的道路，讓他可以從中學習到生命與死亡的課題，日後得以正面的力量面對同樣的殘酷與現實？

因為這些課題，以前從來沒有人教過我們，我們也並沒有從以往的經驗裡學到面對的方法與勇氣。

三十歲失去父親，是一種極度單純的哀傷。

你會悲慟、會思念、會流淚。遠遠看見身形年紀與他相仿的人，總會不由自主地靠近；望著前座的男乘客因肥胖而溢出的一圈後頸肉時，會一時錯覺地以為是他，然後便開始回想他在世時的過往點滴，溫習與他相處的每一個細節與微小的感受。但那個時候，我覺得自己的人生還很長，死亡也離我很遠很遠。

自殺、意外、病故……這世間的每一種死亡都以不同的方式呈現。有極致的痛覺、有驟然的驚懼、有荒謬的儀式、有嘲諷的結局。以往的悲觀讓我輕忽這些嚴肅的生命課題，我以為用輕蔑而戲謔的態度笑看人生，日子會過得容易一些。但直到五十歲，我看著婆婆受病痛磨蝕卻堅強地捍衛自尊直至閉眼，伴隨著悲傷而來的卻是無處躲藏的恐懼。

那不是對「死亡」的恐懼，而是對「活著」的恐懼！

我的一生已經過了大半，死神可能就在日益衰敗的軀體外虎視眈眈，像隻禿鷹鎖定了獵物，伺機在無常中隨時對我展開突襲，而我，還是這樣消極、漫無目的地活著！

人生好長，又好短；生命好堅強，又好脆弱。

在死亡之前，是不是得先想想要怎麼好好的活？

驀然驚覺，自己像一顆長滿青苔而靜止的石頭，忘了如何滾動。

滾石不生苔，更不會在原地打轉，當它面對各種環境與挑戰，無論是疾風暴雨或是湍急水流，必須滾動才能前進。而我這顆石頭，靜止了五十年，我一直自我滿足地安處於原地，安處於可以完全遮蓋我不被看到的陰影之下，卻不知石頭底層已附滿了青苔。它們固執地附著在我人生的基底，在我的生命脈絡裡恣意橫生蔓延，我以為它能餵養我的心靈，其實不然，這些青苔掩蓋了我因歲月沉積的豐富肌理與紋路，並以消極與悲觀的面貌說服我拿走了最初的本我與夢想，阻礙我前行。

我可以想像那去除青苔的過程將有多麼艱辛！要把自己過去隱匿在冷漠之下的生命歷程，一點一滴地挖取、刨開、檢視，該忘記的就不用回憶，該丟棄的就不要留戀，該修復的就要煥新。然而，太用力，會把自己弄得傷痕纍纍，太輕了，又無法讓石頭重新轉動。

但我沒有退路。

如果要讓生命之石重新滾動，我勢必得把靈魂最深層的內在打開，把隱藏了幾十年的真我呈現，不再壓抑自己的初心、不再懼怕被人看到，我想，只有到那個時候，生命的真正價值才會湧現，才能懂得什麼叫做「好好活著」！

那個一再纏附我內心不肯離去的聲音又出現了，它又在召喚我：「去做點什麼吧，不要再浪費生命了！」我隱約感覺到是時候要踏出原地、勇敢地做出改變，但我不確定那個「去做點什麼」的呼喚，到底是「什麼」？就好像我明明知道一個可以通往神祕國度的大門，而開啟那扇門最重要的鑰匙，我卻一直找不到。

去做點什麼——開啟生命之旅

燭火、歌聲、長袍、白餅，還有那極度神祕的儀式，那些景象就像馬奎斯的魔幻寫實小說一樣，之後常常在我的記憶與現實交錯，構築出一個彷彿夢境卻無比真實的畫面。

多年以後，或許青絲已變華髮，或許眼耳不復清明，更不記得那許許多多喜悲交織的前塵往事，但我想我永遠不會忘記那趟奇妙而意外的旅程，是如何將我沉寂靜止的生命淘洗出全新的光景。

那陣子，我受託蒐集外勞在台灣各處的生活情形，無意中得知基隆一帶的越勞常去瑞芳「四腳亭露德聖母朝聖地」聚會，於是約定一天走訪那裡的神父。訪問的同時，其實還有一個私心，我一直想找一個安靜的地方，為信仰基督教的婆婆做一場個人的追思，但苦無任何機緣，我心想，或許可以趁著這次探訪的機會，完成我的心願。

那是婆婆過世後的第十天。

我萬萬沒想到的是：一場生命終結的追思之旅，竟成為我重返信仰及翻轉生命之始。

我極喜歡「四腳亭」這三個字。

那字義裡流露著一股濃郁且純樸的鄉下人情味，似在對過往的旅人說：「你若累了，就停下腳步，來這亭子喝口茶、歇息歇息吧！」露德聖母朝聖地就座落在這裡，百來種各式各樣姿形美妙的綠色盆栽，讓原本莊嚴肅穆的朝聖氛圍意外多了一分閒適寧靜，前方樸實的聖堂小巧而美麗，拾階而上，便能看見白色聖母像在洞中庭裡安詳佇立。在始終灰濛冷清、陰鬱暗沉的煤鄉天空，朝聖地像是一塊出污泥而不染的寶石，兀自閃耀綠色光芒，吸引人們向它靠近。

一位神父笑著從房間裡走出來，他皮膚黝黑，身形清瘦，在白色神職裝束下更顯精神矍鑠，但那一口特別的國語腔調讓人十分好奇，原來，他是來自北越的神父黃金晟。在七分了解三分疑惑的不斷溝通後，我總算完成了工作。

於是，我一個人，漫步到聖母像旁，默默為婆婆祈禱追思，感念她為我洗腳、為全家人辛勞一生的付出。

偌大的教堂出奇安靜，只有聖母沉靜靜地望著我，彷彿全世界只剩下我一人。突然，一種前所未有的靜謐感從頭到腳細細涓流，這感受是如此強烈卻又如此平靜，似乎所有近日來的死亡恐懼、悲苦哀傷、紛亂疲累，都全然釋放了，取而代之的是身心靈難以言喻的清明，而我的腦海裡也慢慢浮現出一幅畫面……

那是住在石門老梅的孩提時候。

屬於那裡的其它記憶早已模糊，但我卻唯獨記得某個冬日夜晚，母親將我和姐姐穿戴妥當，一手牽一個，帶我們出門，雖然擋風的圍巾、帽子、手套全部齊備，但我仍冷得瑟縮在母親腳下。母女三人就著暗黃路燈，在無人的街道上踽踽前行。

我們好像走進了一間大屋子，裡面有許多人，還有很多燭火，每個人的臉龐都被燭光映照得亮晃晃的。隱約記得有人半跪著、有人唱著我從未聽過的歌，前方還有一位身著白袍、滿頭白髮的老先生，說著一種我聽不懂的語言。不久，這位老先生走向排隊的人群，只要他一抬起手，人們便像被施了魔法般地，順從地張開嘴，吞下他給予的一塊白色小餅。

燭火、歌聲、長袍、白餅，還有那極度神祕的儀式，那些景象就像馬奎斯的魔幻寫實小說一樣，之後常常在我的記憶與現實交錯，構築出一個彷彿夢境卻無比真實的畫面。

曾經聽母親說過，我三歲時在「老梅天主堂」受洗，但四歲搬離之後，就再也沒有進過教堂。然而我卻清楚記得：在成長的過程中，琅琅上口的聖母經已變成和姐姐比賽記憶的遊戲，「萬福瑪利亞　滿被聖寵者……」、「因父及子及聖神之名者　阿門」……這些在我小小的腦袋瓜裡像是充滿詩意的浪漫歌謠與神祕手勢，伴隨著我度過無數個寂寥的童年午後。如今想來，雖在很小的時候就離開了教堂，但腦海裡的這些經文，應該是自母親口中默化而來的記憶。

宗教信仰在我還不懂人事的時候倏忽降臨，但也在我開始記事之後草草地結束。

十歲的時候，結識了死黨「芳」，她是虔誠的基督徒，每個週日都會上教會。有一段時間曾跟著她一起去做禮拜，讀著難懂的聖經、聽著陌生的教義。天生內向的我對於那種開放式的互動非常不自在，面對牧師與教友的寒暄也無法回報相對的熱情，我覺得自己始終是一個旁觀著，一個與眾人扞格不入的小毛頭。

那時從未意識到自己是受過洗的天主教徒，反而更感興趣的，是每次儀式中，看到芳與其它教友總有小小的一杯葡萄酒和一塊麵餅可以吃，覺得十分欣羨。對一個很少有機會吃零食的貪吃小鬼來說，那新奇的餅與酒好像是人間難得的美味，是只有基督徒才能享有的神祕盛宴。也許是小時候的魔幻印象還殘留在潛意識裡，這餅對我的吸引力好似更勝過那位自稱「我是道路、生命、真理」的神！

懂事以後，母親曾翻著夾在舊相簿裡的一張紙對我說：「這是你的領洗證明。」那是一紙泛黃色的長方形小紙張，表面已經薄透且缺損到幾乎一碰就會破裂，我依稀記得上面寫著我的名字，還有一欄標記著：聖名「亞納」[1]。當時對這一張領洗證明毫無感覺，僅僅認為

1　聖名／當天主教徒領洗時，會領受一個聖人的名字當主保聖人，該聖人會保佑領受了自己聖名的教徒。亞納原文ANNA，是聖母瑪利亞的母親。

它不過是舊回憶的一部分。

後來，常常看到電線桿上貼著「信耶穌、得永生！」這樣的字眼，或是聽到街上傳來擴音器的聲音喊著：「天國近了，悔改吧！」那聲音常常在躺著發懶的午後由遠而近、然後又隨著令人昏昏欲睡的空氣慢慢飄走，我總是把它和修理紗窗紗門或是賣肉粽的聲音歸為一類。而那張領洗證明，就和這些無足輕重的片段一樣，跟著許多老照片被我關進了記憶的盒子。

二十歲時，頭一次嘗到情愛灼人的痛苦，我茫然無助、脆弱不堪，只能去找芳傾吐，她聆聽完我的苦語，沒有給我任何意見，只說：「我來幫妳禱告吧！」於是，在她那二坪不到的侷促房間床沿，我們一同跪地，雙手緊扣，她認真虔誠地為我向上帝祈求祝禱，我聽著聽著，突然感受到一種說不出來的悸動，匯成一股暖意流進心裡，我全身開始莫名地發熱、心情澎湃如潮水湧流，我趴跪在地雙手掩面痛哭，大顆大顆的淚水伴隨著不由自主的抽泣，久久無法停歇。彷彿是心靈受到了強勁而清澈的水柱洗滌，所有的痛苦似乎完全淘盡，被喜樂與安慰填滿，然而那喜樂與安慰來自何處，我並不知曉。

後來，父親生了重病，在藥石罔效的絕望時刻，我只期盼能在他的信仰中，幫助他找到和病魔征戰的力量。那段時間，我不停地為他讀經祈禱，只求他能康復重生，但我並沒有從聖經裡體驗到任何感動，也未感受到上帝的臨在，我只是不停地禱告再禱告，甚至天真的以為只要誠心誠意的祈求，父親的病便會奇蹟似的好轉，然而父親終究離世了。

於是，我依舊不認識天主，不認識上帝。我依舊認為各個宗教都一樣，不外乎是勸人為善，信哪個神並沒有差別，只不過是求得一個安慰和依靠而已。

不知怎麼地，四腳亭朝聖地那股清靈脫俗、遠離塵囂的靜謐與安詳，讓我這大半年來因婆婆的病而紛亂的心，得著很大的平靜，但隨之而來的，卻是童年記憶的不斷翻攪。

「我是個天主教徒！」

這個存在四十七年的事實，卻被我一直封鎖在記憶抽屜的最底層，不曾打開；而自三歲受洗有了亞納的聖名後，我更從未追究過它的由來，發掘它的意義。從四腳亭回來之後，我開始心生尋找過去的想望，於是我翻遍了家裡的每一寸空間，想要找出那紙被我棄置在記憶角落的領洗證明，然而幾十年來，搬家遷徙不下十數次，任我再怎麼找，就是找不到那近五十年前的信仰遺跡。

亞納，這個神聖崇高的名字，彷彿帶有極其神祕的力量，呼喚我去追尋宗教的根。我開始想像：自四歲離開後便不曾回去的老梅教堂，到底還存不存在？那個充滿魔幻卻又如此真實的場景，會不會只是一個三歲小孩自我編織的童話夢境？有一股神祕力量開始牽引、召喚著我，讓我好想重返老梅，探勘我童年生長的地方、拜訪我受洗的聖堂，尋回那失落已久的聖名。

就在這個時候，我無意中看見一句話：「五十歲，回顧過去的時間愈來愈長，向前期盼的時間則愈來愈短。」這像是一記暮鼓晨鐘敲醒了我：人生短暫且無常，我可以像以前的我一樣，揚著悲觀主義的旗幟，一路冷淡漠然地走完餘生，但我捫心自問，那是我真正想要的嗎？不，我不想哪天生命燃燒怠盡只剩下餘火時，已再無能力去重燃曾經的夢想。

突然，我好像找到了開啟神祕國度的那把鑰匙，原本空虛的心靈角落似乎也被觸動，彷彿神諭，那個「去做點什麼」的「什麼」似乎有了答案：「我要完成十七歲以來的心志，我要書寫！」我要拋掉過去的自怨自哀與呻吟，不再如靜止的死水，不再如被青苔覆蓋的石頭；我要自生命狹窄的通道中解放出來，兌現「妳有一枝不平凡的筆」的承諾！我要知道在五十年前，我和母親、姐姐三人，是以何種樣貌出現在老梅那個境地？而老梅天主堂又是在何種景況之下走進我的生命裡？

五十歲，我做了一個有生以來最大膽的決定。

即使我不曾有過寫書的經驗，也自知沒有作家的實力，但我有真誠的筆觸，這次，我不再懼怕讓別人看見真實的我，我想要找回那個最單純、最原始、最沒有偽飾的自己，我願意完整而赤裸裸地剖析，將淤積在生命底層的一切泥淖掏挖乾淨，為五十年的人生做一次盤點與回顧、為有限的生命留下「好好地活過一次」的印記。

一開始是毫無頭緒的。

我思索了幾日，試著梳理出步驟與作法，覺得老梅天主堂應該是啟動書寫計畫的最重要關鍵，而人與在地的關係，則是我首要探訪的目標。雖然有了初步的規畫，但不知道等著我的狀況會是什麼。

我揣著忐忑心情，打電話去石門區公所，探問天主堂的現況。接電話的是一位小姐，說明來意後，她幫我轉介給主祕林俊宏先生。林主祕知道有人想書寫有關老梅天主堂的過往很是興奮，他不但主動將相關資料傳給我，更推薦我去拜訪幾位對天主堂歷史十分了解的仕紳，其中一人又建議我去找一位在地長大的媒體人唐光華先生。

唐光華，就是曾與我共事數年、失聯已久的前長官嗎？如果是同一人，這也太巧合了！拜網路之賜，很快就找到了他的臉書，當下緊張得感覺心臟快要跳出喉嚨，我留言說明我的故事和書寫的動機，期待他能給我一些建言。然而就在日夜焦急等待回音的同時，有一種預感悄悄襲上我的心頭：若他有了回應，我五十歲的生命，可能會面臨一個重大的轉折、可能會開始一段截然不同的人生，而那未知的歷程，對安於現狀已久的我而言，恐怕需要更多面對的決心與勇氣。

等待了三天，他回覆了：「妳的出書願望一定成功。我和父母算算時間，妳受洗時的神父應該是比利時籍的巴昌明神父。找一天，我可以帶妳回老梅尋根。」

原來，在十幾年前，我和光華哥有緣共事數載，卻不知彼此的生命曾有過交集；原來，我們不但是老梅眷村的老鄰居，我的母親和他的父親更曾是雷達站的同事。從他口中得知，銘德一村已在二〇〇〇年拆除，所有眷戶也一同搬到淡水新市鎮落腳。而同村有位郭霞女士，不但記得我母親，還與老梅天主堂的命運有著極不尋常的連結。

就這樣，種種的巧合，領著我一步步走上了尋根的旅程，開啟了書寫生命的奇遇，關於我那近五十年前的童年往事，就如同糾結牽纏的毛線一樣，一旦找到了起頭，那線就愈拉愈長、愈梳理愈清晰了。

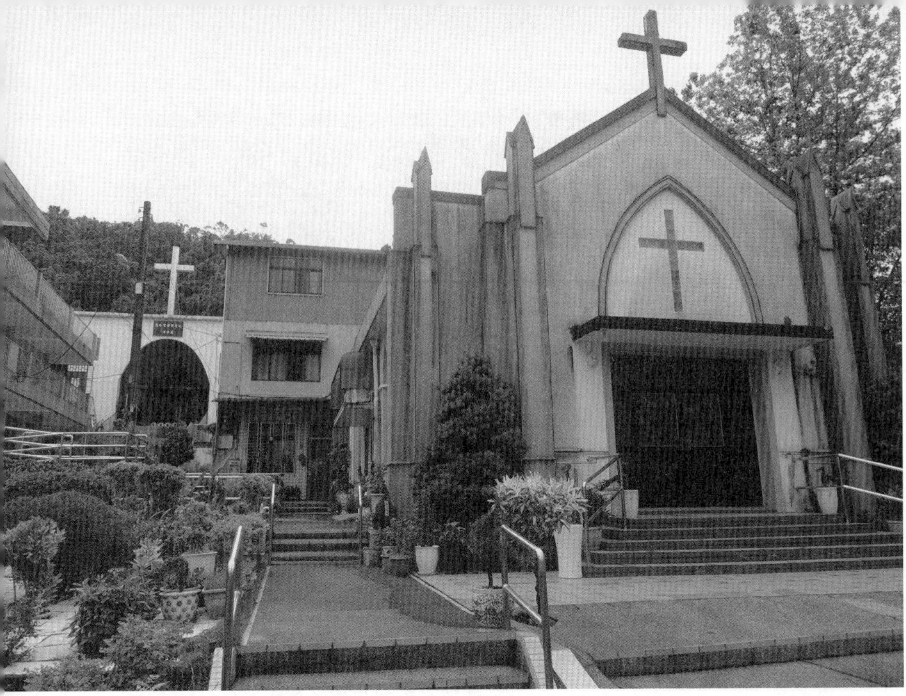

四腳亭露德聖母朝聖地，強大卻溫柔的靜謐氛圍，內心長久以來的紛亂似乎全然淘盡，一股從心而出的喜樂代替了憂愁、平靜驅趕了悲傷。

平日的朝聖地極為安靜，白色聖母像在洞中庭裡安詳佇立。

各式各樣的美麗植栽，全出自黃金晟神父之手。

一場生命終結的追思之旅，竟成為重返信仰及翻轉生命之始。

鄉下地方的彌撒不同於都會區的肅穆莊嚴，這裡有嬰兒不安於母懷的哭泣聲、有大人喝止頑童吵鬧的斥責聲，還有瓶瓶罐罐被不小心踢倒的匡噹聲響。

第四章

尋根・重返老梅

無悔的付出——堅毅勇敢的母愛

母親張開羽翼忍受各種苦難與折磨，緊緊牽繫著三個女兒，堅強地守護這個家不被摧毀。

眷村人情味——「虎風新村」與「銘德一村」

昔日眷村的一磚一瓦，一門一戶，讓我此刻彷彿能感受到從每家的盞盞昏黃燈光下探照出來的濃烈人情。

無悔的付出——堅毅勇敢的母愛

我幾番意圖讓她藉由重溯過去的記憶，重新檢視事情背後的真意，但她始終拒絕。她讓自己處於一種用孤獨和遺忘築成的悲傷密室，不讓別人進去窺探，也不願意走出來，然後任時間的沙漏慢慢滴完一切過往的痛楚後，她又將它翻轉過來，讓沙漏再重新滴落一次。

石門，國境最北。

一九六五年八月，我剛出世不久，母親就帶著襁褓中的我和二姐，進行了一次傷心的遷徙。當時有人介紹她一份石門空軍雷達站文書官的工作，於是我們仨就落腳在老梅的空軍銘德一村，三歲，我便在老梅天主堂受洗，成為天主教徒。我一直不明白母親當時為何會帶著我和姐姐進入信仰，現在想想，可能是因為處在那個貧迫顛沛時代環境下的惶惶不安感，讓她想要去尋找一股安定身心的力量。

四歲搬離老梅後，母親不曾帶我們重返兒時故居，似是想把在此的歲月與記憶全部抹去。成長的過程中，「老梅」這兩個字偶爾會從雙親的口中輕輕落下，但它卻總是像飄盪在空中的棉絮，話語未落便被風吹散，聽不見它著地的聲音。短短幾秒，回憶再度被封箱。「老梅」，無疑是被父母親深埋且刻意遺忘的角落。

奇怪的是，這麼多年來，幾番行旅曾途經石門，我從來不曾動念想要回去探看，也不曾追問雙親有關老梅的一切，也許是因為，它的過往已被父母親嚴嚴實實地塵封在一個澄黃混沌的琥珀裡，以致於我永遠無法看清裡面藏了什麼樣的殘破回憶，也沒有任何工具或方式可以將它敲打鑿碎，證實它曾經存在的樣貌。

如今，我終於明白「老梅」對我的意義有多麼重要！

我一心急迫地想要重返兒時故居，找回生命最初始的單純、重塑當年的情境；我很想打破那個神祕的琥珀，了解被父母親埋藏半世紀之久的四年光景裡，究竟發生過什麼樣的故事？

二〇一五年八月，我重返老梅，是為生命與信仰尋根，也是為自己五十歲的人生翻篇。傳說中，「老梅」是平埔族、凱達格蘭族的聚落，由古老原住民番社的名稱音譯而來。「老」與「梅」這兩個字，似乎充滿了矛盾與衝突，它同時代表著滄桑與清麗，卻也同時宣告著曾經的繁華和孤寂。

每年春天，綠色的海藻會爬滿那神奇壯闊、詭姿異形的火山礁岩石槽，那是遊人如織的季節，一旦那兩個月的短暫風華過去，美麗的綠色華毯便會隨著季節更迭而褪去它的外衣，然後，人們會帶著滿足而美好的回憶離去，但這地小人稀的村落，卻依舊安靜落寞、遺世獨立。

如果在冬日，冷冽的東北季風夾帶著海邊的細砂礫石打在臉上，會感覺到一種被電擊般的刺痛；夏日如爐火燃燒的高溫伴隨著溼熱的海風，則會讓人被黏膩的汗水煩擾得情緒狂燥。至於老梅的風，不帶一點溫柔，它是很剛強的，剛強到可以切蝕質密堅硬的熔岩，成就稜角銳利、姿態各異的風稜石。

大部分的旅人只會遇見它一次的美麗。

而我，在出生後九十天，便在那蜿蜒沙灘與海蝕溝槽交會處的海岸低地，展開了奇幻的生命旅程。

仲夏烈日灼人！

座車一路經過淡水、三芝，駛向台灣最北端，遠遠地，兩顆墨綠色的大圓球矗立海岸邊，「那就是石門雷達站了。」唐光華大哥、在地長大的老梅人，指著那兩顆超級大圓球對我說。

就是那裡，五十年前母親上班的地方。

整整半個世紀，物換星移，如今雷達站早已關閉，岬角盡頭的八角形富貴角燈塔，也褪去了神祕的色彩，開啟大門讓遊客入內參觀。

沿著老梅沙灘一路下行，海岸邊豎起了許多觀光指引立牌，在這個時節，前來的遊人並不多，因為八月的石槽還未穿上綠色的華袍，灰撲撲的溝槽裡仍藏著深深的沉鬱。也許當時年紀太小，即使母親帶我來過，我也不會記得它的美麗。

但我突然想起母親在過去數十年間唯一曾主動提及的那場小意外，那個我差點被海浪捲沒的夏日午後。

那日，她和一群雷達站的同事帶著我們三姐妹去老梅海邊戲水，一個沒注意，大浪打上來將我小小的身軀捲入海裡，頓時失去蹤影，好在大姐和母親的一位同事及時發現，將我自海中拉起。母親說，我喝了好幾口鹹鹹的海水後，便若無其事地站了起來，彷彿一切都沒有發生過。

而今站在這同一片沙灘上，我悄悄閉上眼，體會那吹拂在臉上的風，感受腳下踩踏的綿密細沙，對於幾十年前曾歷經的險象，我竟充滿感謝，因為那是我在這裡實實在在生活過的證明，是在屬於老梅的時光隧道裡留下的一個刻印。

從石門雷達站開車到銘德一村，約莫要五分鐘的路程，但若換算腳程，得要二十多分鐘。銘德一村，這個當地人口中稱之為「空軍仔寮」的地方、我四歲前居住的眷村，現在會是什麼樣貌？

車子駛進一條無人小徑，右側有一道長長的白色圍牆，上頭還留有藍色油漆寫下的舊時代標語，旁邊的民房看起來久無人居，門牌號碼也已斑駁不堪。光華哥指著左側的一片空地對我說：「這就是你兒時居住的銘德一村。」

這就是我童年居住的地方？這就是被父母親封塵在記憶裡的禁地？驚訝與愕然掩蓋了原有的激動，我無法想像，曾經居住過的眷村歷經拆除的命運後，竟落魄成一大片蕭瑟的亂草荒地，只剩下幾根電線桿如幽靈般，佇立在半人高的草叢裡。

「那時候眷村的房子總共有四排，一排有十戶，我們家是第四排，你們家應該是第一排。」光華哥比手畫腳地告訴我房子的座向，我順手拍了幾張照片，鏡頭裡雜草樹木向天際線延伸，寫滿荒涼。

家裡有幾張在老梅拍的黑白老照片，它不時會像幻燈片一樣在我腦海裡輪流播放。有一張是我三、四歲的時候吧，和二姐張著嘴咿咿啊啊地不知在唱著什麼歌，隱約可見小小的房間裡有一張桌子和一張大床；另一張照片裡的我約莫一歲多，坐在眷村家門前的木頭椅子上，姐姐站在我旁邊，母親則笑盈盈地立在我們身後，照片裡還能窺見幾道太陽的光影灑落地面。

我試圖按著老照片的背景比對尋找當日的住家位置，那光影穿梭了四十多年的歲月後仍映照在同樣的地方，而今我只能在這一片亂草之中，憑弔那個早已不存在的家。唯一能與兩個時空連結的，好像只剩下那根依舊矗立在荒草中黑黝黝的電線桿。

光華哥說，以前銘德一村後面有個小山坡，旁邊便是老梅沙灘，沿著沙灘穿過那道山坡，約莫二十分鐘的路程，便能到達雷達站。我努力去揣想母親當年是如何一個人從村子口出發，日復一日地攀爬山徑、疾行往返於雷達站與住家之間，歷經春夏秋冬，四季更迭，為餵養二個稚齡的孩子而奔波。

從銘德一村舊址續往前行，便來到了老梅路。

關於老梅教堂的成立，史料是這樣記載的：民國五十年，來自內蒙，也是屬於聖母聖心會的比利時籍文懷德神父，在教友馬鐵岩夫婦的幫忙下，找到一處公所用地，也就是今日的老梅路八號，蓋了老梅教堂，當時的教友大多是附近銘德一村的村民。而鄉誌裡的一段文字特別引起我的注意：「本堂自創堂迄今歷任神父為：文懷德、巴昌明、廣天義……第一、第二任皆是駐堂神父……」依照光華哥母親唐媽媽（蔡雅寶女士）的說法，我極有可能是由巴神父受洗，但這一切都只能臆測，找不到領洗證，便無從確知為我付洗的神父到底是誰。

走過二十二號橋，終於看見我受洗的地方、五十年後依然屹立的老梅天主堂。

一種極其複雜的感受湧上心頭。有點興奮，有點期待，但更多的是感傷。我拿出收藏在手機裡的一張舊照，那是母親抱著我和幾位鄰居媽媽的合影，背景是教堂的拱門與窗戶。黑白老照片裡看不出那構築一磚一瓦的原始色彩，如今映入我眼簾的，是整棟以紅磚灰瓦建造的教堂，雖然曾經整修，但那主體建築依然完好，堂前的三道拱門也和五十年前一模一樣。

緩緩推開鐵門進入探看，曾經用來給信徒跪拜的長凳，被棄置在堂前十字架的下方角落；放著小小奉獻籃與燭台的小木架，沾滿了厚厚一層灰，牆上還有因久掛聖像而留下的歲月印子，尖斜的白色天花板也隱約能見到被雨水浸蝕的污痕。一塊超大的白板放在原本屬於祭台的位子，原來，這裡已出借給當地人做為安親班的教室。

我可以想像五十年前這裡曾經的風光。

那時，教友與慕道者聚集，讀經、朝聖活動頻仍，虔敬的祈禱聲與美麗的聖詠終日迴蕩；教堂裡常常坐滿了在絕望中尋找一絲慰藉的人們，因病痛而來的、因婚姻不幸的、因心靈受傷的、因徬徨無依的，包括我的母親在內，有無數的生命曾經在此找到了新的依靠與信仰。而幾十年來，更有許多外籍神父傅油降福給每一個更新的靈魂，我彷彿能聽見他們用不甚標準的洋腔國語開啟福傳之音，句句深遠而悠長。

每一個小角落、每一個小細節，都訴說著五十年來歲月世事的變遷，我努力記憶著，希望即使閉上眼睛也能毫不猶豫地在腦海中刻畫出教堂的樣子，我害怕走出了這裡，便將好不容易尋得的生命軌跡輕易遺忘。

時間的長河慢慢流淌，我的心緒也無盡地翻攪著。

我知道，當凜冽冬日來臨，我必重返。

以前的我從來不曾認真思索過，四歲以前對父親的印象為何是空白？也許，是我年紀太小沒有記憶，也許，在潛意識裡，我一直認為那是理所當然、不需探究的事實。但直到書寫，我才驟然驚覺：在老梅的歲月裡，「父親」好像只是一個偶爾才會出現的人，是一個抽象且陌生的名詞。似乎直到我五、六歲稍微懂事時，才開始對那個我稱他為「爸爸」的人，有了一點具體而真實的感受。

如今，我只能憑藉一張曝光過度的黑白老照片來證明：父親確實曾經出現在老梅家中。照片裡，他抱著我坐在椅子上，旁邊則靠著大姐和二姐，左邊桌子上的唯一擺飾，是一幀他和母親的婚紗照。正值壯年的父親方頭大耳，面頰豐潤，嘴角淺淺笑著，但不知為什麼，他的兩隻眼睛幾乎瞇成了一條線。

從老梅回來後，陸續聽了很多老鄰居述及的舊事，舊事裡面有我，但我卻從未聽母親提及。有時，我執意要她回憶過往，然而她總是很不情願，大部分的時候她都說忘了，要不就是我問一句，她勉強答一句，從來不會多說，就和以前一樣。我只能用那些細碎的小事件去拚湊有關老梅的過去，然而那導致她帶著我們流轉偏鄉生活最關鍵的一塊拚圖，卻總是缺失。

終於有一天，我忿忿地向她抱怨：「為什麼別人都記得的事，妳卻會忘記？」

面對質問，我看見一股幽微而哀怨的情緒在母親的眼裡波動，拗不過我的頑倔，她娓娓道出了真相：原來，我出生後三個月，父親便因為生意失敗欠債而入獄，母親一人帶著三個稚女頓失依靠、走投無路，幸好有人介紹她到石門雷達站工作，於是她將大姐托給住在台北的婆家照顧，自己揹起簡單的行囊，帶著我和二姐來到了老梅。

我無法形容我的震驚！

原來，我大二時那場交織悲傷與離別的家變不是第一次；原來，父親早在我出生時便在人生的道路上遭遇挫折而失去自由！

我終於明白了！

那個被歲月封塵的澄黃琥珀裡埋藏的是父親年輕時事業的衰敗跌宕、是母親一人獨撐家計的無奈艱辛。而我四歲以前父親總是缺席的謎底也終於揭曉：他是被迫和我們分離，在一個沒有自由的地方想念他天涯兩散的妻女。

我突然懂了，懂了母親的心境。

為什麼每次問到有關老梅的人事物時，她總是幽幽地說：「那麼久以前的事，我早就忘了。」

她不是忘記，而是不想記起。

一個三十歲出頭的女人，走入婚姻未久便遭逢巨變，帶著還在吃奶的嬰兒，和一個二歲大的娃兒，落腳在這個舉目無親的窮鄉僻壤。該給她依靠的丈夫淪落牢獄，不知什麼時候才能出來，四歲的大女兒遠在台北給婆婆照顧，久久才能見一面；而在這個左鄰右舍都是軍眷的小村落，她誰也不認識，只能靠自己吃力地扶養兩個稚齡的孩子，沒有親人，沒有奧援。

也許，當隔壁太太扯著大嗓門呼喚著孩子回家吃飯時，她在偷偷掉淚思念遠方的大女兒；看到那些軍官下班回家和妻兒親熱寒暄，她心頭掛念的是蹲在苦牢裡的丈夫；想念、孤獨、無助、絕望一定常常在夜半揪扯她的心，她不知道未來還會有什麼樣的困難在等著她，不知道這樣的日子何時才會終結；宛如一根浮木的母親，沒有肩膀可以依靠，只能用傷心的奶水餵養襁褓中的我，只能抓住信仰，借助天主的力量，讓她有勇氣繼續和命運拚鬥。

在當時的時空背景下，父母親要做這樣的決定必是歷經了極大的煎熬與痛苦。民國五十年代，台灣的經濟還未起飛，一般人們的生活都很困窘，像我們這樣的家庭一定不在少數，一旦無路可走，孩子就可能被送給環境好一點的人家收養，從此與親生父母生離。但即使當時環境再苦，我並沒有淪落到當養女的命運，父母親寧可苦自己，也要保全我們三個女兒、保全這個家。因為只有忍受短暫的分別，才能讓我們這個家不致崩散離兮。

我相信，盡量不提及老梅的往事是父母親出於愛的共謀，他們刻意把這一段悲傷的過往摒除在我們的生命之外，不讓我們感受到任何的不安或是恐懼。

母親這一生的日子相當難。

難在出生未久即失恃、一路跟著哥哥逃離戰亂烽火到台灣；難在婚後為了保全家庭，一肩扛起扶養三個女兒的重擔、獨自承受環境的磨難；難在中年時再次面對丈夫生意失敗、生活驟變的窮愁，以及老年時獨力照顧病重老伴終至寡身度日的悲苦。

在那個重男輕女的年頭，婚後連生三個女兒，母親自是不受婆家寵愛，父親第一次生意失敗後，婆家對她更是不諒解，我相信背後有著許多羞辱和遷怒都曾加諸在她的身上，但她不曾為自己辯護，而是扛起重責，義無反顧地踏上異鄉，用堅強的意志為自己、為先生、為女兒、為這個家付出努力。

在老梅熬了四年後，父親出獄，母親帶著我和二姐回到台北，一家終於團圓，但因父親工作不穩定，我們開始頻繁地搬家或是被迫搬家，往往一個地方沒住上多久，母親又忙著打包全家衣物搬至另一處，不見天日的暗黑倉庫、狹窄貧舊的小公寓、與鴿子同居的頂樓加蓋違建……母親的人生一直無法安定，總是不斷地流離、不斷地遷徙。直到父親在一家大公司找到了工作，家中的經濟才日漸寬裕，在我小學五年級時，我們終於告別了流轉各地的生活，有了自己的房子。

後來的十幾年，父親工作穩定，我們三姐妹也漸漸長大，母親原以為從此可以安生過上好日子，未料父親在五十歲那年又重燃創業的火苗，他毅然決定放棄優渥的薪水，帶著滿腦子的夢想投入一生的積蓄開設鐵工廠，而那時母親已屆中年，她雖然明白父親根本是心腸軟的好好先生、是不善經營生意的老實人，也隱約能預見前路沒有想像中的容易且順遂，但她還是默默地支持他，沒有阻攔。

過去，她為了父親已然吃足苦頭，這一次，她還是心甘情願地和他一起奔走忙碌、親自下工廠帶頭做工，毫無怨言。

但工廠只經營了三、四年，父親就被合夥的同鄉給騙了。民國七十四年，我大二，父親再度生意失敗，宣告破產，母親的人生也再一次陷入曾經的噩夢，但現實永遠擊不潰她的勇敢，她堅強地和父親一起處理債權人的紛爭，冷靜面對債主上門要錢的火爆場面。有一日，眾人在工廠門前爭執不下，不小心碰倒了一條重達幾十公斤的鐵皮條，好巧不巧地鐵條重擊到母親的腳背，她當場血流如注送到醫院縫了好多針，之後休養了許多時日才能下地行走。如今，母親腳背上的那一抹淡淡的傷痕幾乎已經看不見，但我知道，她心裡烙下的深深傷痛，至今都沒有痊癒。

父親二度入獄時，僅靠著大姐一人賺取微薄的薪水養家，不但經濟狀況陷入困絀，我的學費也差點繳不出來，年近半百的母親被迫開始四處找工作，她一度去到家裡附近的小旅館裡做清潔工，即是所謂的「女中」，清掃那男女歡愛後氣味腥濃的殘噁垃圾，蹲下腰賣力涮洗著污穢的馬桶；她到處去找那種做一個只有幾毛錢的家庭代工，或貼或縫或剪，就這樣幾毛幾毛地，吃力地靠著眼與手攢出我們的生活費來。

父親出獄後，重新找到了工作，母親總算可以休養生息，帶帶外孫，過過平靜且簡單的小日子，但好景不長，父親在六十二歲那年生了重病，她日日以淚洗面卻也只能接受上天的安排，衣不解帶地在病床邊守護直到他臨終。

六十歲，母親便決定寡守到老。

現世安穩，歲月靜好。

母親這一生求的就是這八個字，但父親並沒有給她。

她之所以一再吞忍婆家的怨怒、父親生意失敗的苦果，一再接受命運的連番作弄，都是為了我們，為了我們三姐妹能保有一個完整的家。也許就是因為這樣，她將自己一生對環境的不安感投射在我們身上，總希望我們能安於現狀、不要改變、不要挑戰未知，因為她害怕我們吃苦，害怕我們歷經像她或父親一樣的失敗人生。以前我總覺得她懦弱又保守，但直到此刻，回想她的一生，我才明白：她遠比我想像的還要堅強、還要勇敢，遠比她自以為的軟弱與憂懼還能承受更大的艱難與磨折。

如今她已八十多歲，過著看似快樂的老年生活，但我其實知道：母親到現在都不想回顧，不想和過去的往事和解，我幾番意圖讓她藉由重溯過去的記憶，重新檢視事情背後的真意，但她始終拒絕。她讓自己處於一種用孤獨和遺忘築成的悲傷密室，不讓別人進去窺探，也不願意走出來，然後任時間的沙漏慢慢滴完一切過往的痛楚後，她又將它翻轉過來，讓沙漏再重新滴落一次。只要我一靠近，想要打開這個密室，她就不自覺地把沙漏拿出來阻擋在我們之間，同時再翻轉一次前半生所受的痛苦，以致我始終不敢向她靠得更近、探問更多，因為不忍。

在五十歲這年，我重新回望父親的五十歲、試圖深入理解他的內心世界，我終於徹底明白父親是怎樣的一個人。我想，他這一生最害怕的不是失敗，因為他曾失敗過兩次；也不是害怕一無所有，因為他曾經一無所有；更不是畏懼世人的眼光，因為他兩度面對法律勇敢承擔。他最害怕的，應該是明明還有夢想卻無法實現，最終帶著憾恨離開。

其實父親是勇敢的。他為了給妻子與三個孩子更好的生活，兩度孤注一擲、鋌而走險，用自由做籌碼，向未來下賭注；他誠實地直面自己的人生，大膽挑戰生命的未知。面對生意失敗，他不是驚懼逃離、不是膽小推卸、不是猥瑣乞憐，而是挺直胸膛，勇敢承擔會被世人鄙視的目光。

他對我們最深刻的愛，不是表現在華美的大房子裡、不是在昂貴膚淺的物欲裡、也不是在親密切問的話語裡，而是在那一方他獨自啃蝕孤寂的簡陋囚室裡。

父親為我們付出的愛的代價是如此巨大！

就算他的夢想一次都沒有成功，但在那過程中，他已留給我最寶貴的信念，讓我在五十歲這年，得以循著他的勇氣，重新檢視自己的人生。

我也想要告訴母親：這一切都過去了，五十年來，若不是她張開羽翼忍受各種苦難與折磨，緊緊牽繫著三個女兒、堅強地守護這個家不被摧毀，我們不會如此順利地長大，不會有今天。

我們何其有幸，擁有一個如此勇敢的父親，和為這個家竭盡心力犧牲奉獻的偉大母愛。也許父親離世時來不及對母親說一句抱歉，也許冥冥中父親想要我藉著這本書，讓母親能重新看待過去所發生的一切，放下牽纏半世紀的悲傷與怨懟。因為我們是如此感謝她一生的付出，相信在天國的父親，也一樣感念她。

我期待母親看完這本書之後，願意打開記憶，完完整整地告訴我關於老梅歲月的所有過往，然後走出那個充滿悲情的密室，忘記並丟棄承載她一生痛楚的沙漏，以全新喜樂的心走完她的餘生。

若時光能倒轉回五十年前，在母親每天結束辛苦工作、頂著老梅的風砂回到我們小小的窩居時，我多希望能以最天真無邪的笑臉迎向她，撫慰她躲在無奈笑容背後的悲與愁，趕走她內心最幽微處的寂寞與滄涼。

眷村人情味——「虎風新村」與「銘德一村」

那時，老梅的連外道路還沒有鋪柏油，路上盡是細砂碎石，常常，我們一邊不停地咳著、身體也一邊隨著車子在碎石子路上顛簸好幾個小時，晴天是風砂飛揚，雨日是泥濘難行，母親那顆苦愁的心，就一路從老梅糾結到三芝、再從三芝糾結到台北。

位於台北青年公園附近、早已被拆除的虎風新村，是母親的娘家，也是我真正眷村記憶的開始。

小時候逢年過節，母親都會帶著我們回到虎風新村探看外祖父與舅舅一家。印象中總會經過村子口的一家陽春麵店，我記得，往往還在十幾公尺外，便會聞到濃濃的麵香與濃烈的八角花椒味向我們襲來，愈靠近，喉嚨口子就收縮得愈厲害。通常，我們只匆忙地打門前經過，眼巴巴地看著別人唏里呼嚕地大口吞麵、大口嚼著豆干滷蛋，而老闆總在那油漆已斑駁脫落的綠色窗櫺前，對著終年冒著熱氣的大鍋爐忙著下麵，那僅僅是生麵在沸水裡滾動的單純香味，就讓我涎著口水記了幾十年。

眷村入口是一塊鐵皮製的拱門，上頭有四個大圓型的鐵牌，寫著「虎風新村」四個大字！外公就住在一進大門的前幾排。記憶中，他是個身形偉岸、滿頭白髮留著長鬍鬚的慈祥老者，每次見我們來，他便笑瞇瞇地起身回到房間，拿出一個裝滿糖果餅乾的鐵盒，讓我們大快朵頤一番。外公不愛講話，總是一個人坐在太師椅上，一邊悠閒地搖著大蒲扇，一邊靜靜地看著母親與外婆（外公後來續弦，母親稱她為「乾媽」）交談，而我則是常常盯著他搖扇的手臂上的神祕刺青看到入神。

外公年輕時在大陸曾加入青幫，後來逃過太平輪的船難來到台灣，家人誤以為他已罹難不抱希望，未料竟在基隆港邊巧遇而團圓。這個我從小聽到大、母親永遠說不膩的故事，又是另一個傳奇了。

虎風新村的房子格局是細窄的長方形，一進去是簡單的廚房，旁邊是廁所，中間的距離大約只能容一人經過，再進去是客廳，往裡走是一間主臥，再下去又是一間臥房，整個格局就像是作文本的格子，一格接著一格，謹謹有序。

這裡的眷舍只有廁所，沒有洗澡間，居民洗澡得到村子頭的公共澡堂，我從來沒敢進去過，倒是常看著表哥們手裡捧著一個臉盆，脖上掛著一條大毛巾，打著赤膊淌著水痕，在家裡和澡堂間進進出出去。

舅舅家的鄰居是鼎鼎大名的京劇名角周正榮，他家裡還有一位白髮蒼蒼的老奶奶，很是和藹可親。小時候常去他們家玩，但那當紅的名角我好像只見過一次，沒有什麼印象了。還有一位住在舅舅斜對門的賀媽媽，一頭濃密黑髮總是吹得整整齊齊，銀盤似的大臉配上一雙圓眼及寬嘴，長相很是富態，每次碰到她，她就會笑盈盈地對我說：「給我做女兒吧！」我總是害怕地搖搖頭躲到母親身後，深怕哪天她真的把我帶走。

眷村裡是沒有祕密的。

哪家的女兒和哪家的小伙子在偷偷談戀愛，或是哪家的孩子在混太保太妹，沒有人不知道。因為你家的前門就對著我家的後房，想去誰家串門子都可以自由進出，夫妻吵架摔盤子、父母打罵小孩的聲音、誰家在燉紅燒肉、誰家在滷豬腳……鄰居都聽得、聞得清清楚楚。至於晚上睡覺，好像從來不關門上鎖，我就始終不記得舅舅家有門。

這裡無疑是整座城市最不設防的一隅。無論是環境或是人心。

後來為了建青年公園，虎風新村也面臨拆除，母親曾帶著我們翻越施工中的土丘回到娘家做最後一次的探訪，之後，「虎風」便真的如一陣風般，徹底消失於這個城市了。

命運安排三個月大的我落腳老梅，而不是他處。

於是在五十年後，老梅的「銘德一村」四個字突然闖進了我的生命，即使它以前從未在我的記憶中占有一角，我卻能從虎風新村的歲月況味裡，輕易地勾勒出眷村獨有的動人樣貌與人情。

隨著我的書寫，漸漸地，母親的心門似乎不再像以前那般關得嚴實緊密了，她有時會不自覺地開一點點小縫隙，讓我得以趁她不設防的時候偷溜進去擭取細碎的片段，好拼湊出關於老梅的點點滴滴。

母親回憶，她當時是向一位張木匠租了眷村第一排的一間房子，我們母女三人就此在這人生地不熟的北境海邊，落腳安頓。

那時眷村後面沙灘旁的小山坡，是通往雷達站的捷徑，雖是近路，也需要二十幾分鐘的腳程，母親日日來來去去，也不覺得遠了。有次碰到一條大蛇盤踞路中，動也不動，那時路上沒有其它行人，母親害怕得要命，往前也不是，回頭也不是，與大蛇對峙了半天，最後沒得選擇，只好硬著頭皮閉著眼睛吊膽而過；每天中午休息時間一到，她得與時間賽跑，趕回家煮飯給姐姐吃、餵我喝奶，然後再匆匆忙忙地跑回去上班。這一條邊坡小徑，她孤孤單單走了四年。

當然，眷村濃濃的人情味也多少撫慰了外地人的心。雷達站有位收發室的員工，姓曲，時常從伙食房裡偷拿幾個饅頭塞給母親，讓她帶回家給我們吃；雷達站旁邊還有個小倉庫，裡面存放著米油鹽等日用品，那是按月配給的，員工得自己來領取，母親一個弱女子，哪有力氣把好幾公斤的日用品一路從雷達站搬回家？何況還得要爬坡！幸好有位家裡在村子口開雜貨店的配給員，總會在下班的時候，好心地幫她把那沉甸甸的物資扛到我們家來。

母親最怕我們生病，因為那裡沒有醫生。

有一回鄰居的孩子得了百日咳，二姐每天和她一起玩，不幸被傳染了，沒隔幾天，我也開始狂咳不止。兩個孩子一起生病，讓母親焦心不已，她不得不放下工作，帶著我們坐公路局的車子到三芝看病，三芝看不好，就再跑到台北看。那時，老梅的連外道路還沒有鋪柏油，路上盡是細砂碎石，常常，我們一邊不停地咳著、身體也一邊隨著車子在碎石子路上顛簸好幾個小時，晴天是風砂飛揚，雨日是泥濘難行，母親那顆苦愁的心，就一路從老梅糾結到三芝、再從三芝糾結到台北。

二〇〇〇年，老舊的「銘德一村」被拆除，這個只有四十戶的迷你眷村從此走入歷史。兩年後，眷戶一同搬到了營建署在淡水新市鎮剛蓋好的示範社區：國家新都。雖然老家不在了，但朝夕相處了幾十年，老鄰居的感情依舊濃烈。

自二〇一三年開始，銘德一村每年都會舉辦聚會，曾經在那裡生活過的老空軍，都很珍惜這一年一次的相聚，他們期待看見昔日一同作戰、一同生活的同袍，掛心對方身體是不是還硬朗；他們用大江南北的鄉音向後輩反覆訴說當年勇的同時，也望著繁衍興旺的第二代、第三代，甚至是第四代的子孫，感嘆著光陰流逝的速度。

今年的聚會，光華哥很早就邀請我參加，但我猶豫著。畢竟我的身分不屬於眷村子弟，也不認得這些老鄰居們，唯一的交集，是我曾在那裡度過四個年頭，而且是我沒有記憶的四年。我遲遲不敢答應，是因為我又想和以前一樣逃開，逃開和陌生人的交際、逃避那恐怕尷尬多於歡樂的處境。然而我知道自己必須改變，如果我夠幸運，也許可以從他們的口中了解更多的老梅，了解更多關於那個時代的點點滴滴，甚至可以從他們的角度來探究：母親在那個環境下所背負的重軛，究竟有多難？

最終，我答應了邀請，期待聚會的到來。

當那些拄著枴杖、行動蹣跚的老兵伯伯們一個個走進會場時，我很慶幸自己來了。光華哥的妹妹春芳姐首先播放了前兩年的聚會幻燈片，大螢幕上出現一張張被歲月磨蝕的老邁面容，襯著豪邁的空軍軍歌，幻燈片不停地切換著主角，這些在畫面裡把酒憶舊、暢言歡笑、看起來再平凡不過的老人，其實都有著不平凡的人生。五十年前，他們是凌雲御風的戰士，是空軍地勤的無名英雄，如今，他們白了頭，牙齒掉了大半、手腳不再俐索、耳朵不聽使喚、臉上刻滿皺紋，然而在幻燈片照不到的老去內心，都藏著一個在大時代裡動盪的生命故事，母親又何嘗不是呢？

從八二三談到雷達站、從老梅談到眷村，我彷彿遊走在好幾個不同的時空裡，卻沒有絲毫的違和感。在他們之中，我就像是一個最熟悉的陌生人，到後來，我沒有了任何顧忌與尷尷，全然放下自己的拘謹，努力穿梭席間，想要尋找可能認識母親的長者。

突然，光華哥拉住我，向我介紹一位胡媽媽，話還沒說完，胡媽媽便激動地說：「我記得！我記得妳媽媽，我就住妳們家隔壁！」太不可思議了，我竟然真的遇到了母親的舊識。

一段早已忘卻的往事，在五十年後被重新喚起。胡媽媽和胡伯伯都沒想到，那個當初看起來胖嘟嘟肉呼呼的小女孩，如今竟站在他們的面前。他們回憶，那時我們都住在眷村的第一排，他們家是八號，我們家則是九號。「妳媽媽有時候會帶妳來雷達站玩呢！」胡伯伯終究憶起了一些母親的舊事。

我們開始談到眷村、談到老梅的生活，胡媽媽突然提高分貝：「我一點都不想回到老梅了，那裡冬天風吹砂子打到腳上那個痛啊……」「是啊，要看個病還得坐車一個多小時才能見到醫生呢！」胡伯伯與胡媽媽為老梅生活下了最真實的註解。的確，偏遠的北境，惡劣的氣候，若不是為了糊口飯，母親也不會千里迢迢從台北來到老梅工作。

這真是一種好奇特的遇見、一種無法分類的久別重逢！

一位位眷村伯伯與阿姨們就真真切切地站在我的面前，和我聊著在戰事裡的出生入死、聊著眷村生活的過往點滴，真難以想像，我曾與他們在同一個時空裡一起生活著，我們看到的是同樣的一片天空、吹的是同樣氣息的海風。

就在這一刻，銘德一村那片荒蕪的雜草地在我眼前彷彿以蒙太奇的手法，幻化為五十年前的真實場景：每天天未明，光華哥的母親唐媽媽便摸黑走一公里的路到海邊，打開抽水馬達的開關，當馬達開始運轉，晨曦也開啟了天幕，村子一天的生活也跟著開始了。眷村媽媽們忙著準備早餐和便當，讓孩子們帶著上學；士官兵與員工們，踩著急促的步伐，輪流翻越那座小小的山坡，朝著雷達站前進，裡面包括我的母親；大孩子們一路嬉鬧鬥嘴，結伴往學校走去；不用上學的小小孩，像我，就在家門口和同齡的鄰家孩子騎著玩具三輪車，不時為爭搶而哭泣。

吃完中飯，眷村媽媽們又扯著嗓子喊著孩子回家睡午覺，之後，整個村子便進入一陣短暫而慵懶的沉靜。

下午，大孩子放學了，原本沉睡中的眷村也開始甦醒，充滿了活力的騷動。孩子們在外頭瘋玩尪仔標、醬油蓋，媽媽則們四處串門子，一起鋪棉花、桿麵條、包餃子……。也許這些軍人伯伯下班回到村子裡時，曾經見過我在家門前騎著小三輪車玩耍；也許他們看見我蹲在門口等母親回來時，曾充滿慈愛地摸摸我的頭，或是給我一顆糖一片餅乾，說我乖。也許在之前空白了四十多年的時空裡，我曾和他們擦肩而過卻不相識，哪能料到今日還有相聚的時候呢？而那些曾伸出援手幫助過我們的叔叔伯伯們，如今又是否安在？

今天之後，銘德一村在我的生命裡不再是一個虛幻不存在的荒涼異境，也不再只是徒留荒漫雜草任我憑弔的一方遺址，這些陌生卻又好熟悉的鄰居們，在今天，用他們五十年來共譜的深刻感情，重新幫助我建構出昔日眷村的一磚一瓦，一門一戶，讓我此刻彷彿能感受到從每家的盞盞昏黃燈光下探照出來的濃烈人情。

銘德一村好像在我的生命裡重新活了過來，它不是隨著時代變遷而蕩然無存的小眷村，而是一個有溫度、有生命力的美麗聚落。許許多多發生在這裡的故事，與我的人生有了奇妙的連結，我好像在這裡不止生活了三、四年。即使如今眷村的舊址已成一片廢墟、漫草叢生，即使如今的老梅已名符其實地衰老落寞、繁華過盡，但，看不見不代表不存在。

這一刻，我彷彿代替了母親和老梅的悲歡歲月和解、和烙印在心裡的傷痛和解、和過去的一切和解。

「老梅」這兩個字，將不再是浮盪在空中無法落地的輕軟棉絮，它充滿了愛、信仰與生命的重量，我願用雙手小心承接住關乎它的一切，讓它不再被風吹散。

■參考資料

1. 追尋鹿港到眷村的歲月／蔡雅寶著
2. 石門鄉誌

遠遠的那顆綠色大圓球，是母親五十年前上班的地方：石門雷達站。而這一片蜿蜒沙灘與海蝕溝槽交會處的海岸低地，不但蘊育了絕美的石槽，也激盪出我信仰生命的奇妙旅程。

母親、二姐和我在銘德一村家門前合照，我們的身後，似乎就是那通往雷達站的山坡小徑，仔細探看，還有一根電線桿隱沒在草叢中。半世紀後，那根電線桿，似是連結兩個時空的唯一證人。

在老梅天主堂還未建堂時，這棟有著棚架的民宅二樓曾是文神父傳道的地方，唐光華還記得曾在這裡望過彌撒。

銘德一村早在二〇〇〇年被拆除殆盡，幸好行駛石門的公車路線仍保有這個站名。

文懷德與巴昌明神父為老梅天主堂的無私奉獻，讓教友永遠感念。

四十七年前，三歲的我在這裡領洗成為天主教徒。那時，信仰是母親在流離歲月裡的唯一依靠。

約一九六七年，母親與我及二個姐姐攝於老梅天主堂外。

印象中，在老梅的歲月裡，父親總是缺席。這是他在老梅家中留下的唯一一幀照片，那抱著我的一雙大手，果然如記憶中那般厚實。

第五章

聖堂之愛‧念文懷德、巴昌明神父

溫柔的慈悲——文懷德神父

親自為中風老婦洗澡、撿拾沾血的穢紙，動手去做沒人願意做的事，所有的一切都願意給。他的雙腳踏遍國境之北的土地，付出最慈悲的愛。

信仰是無法被囚禁的——巴昌明神父

曾兩度被囚禁，困蹲苦窯長達六年，靠著堅定的信仰與意志力，熬過蹂躪與迫害。

溫柔的慈悲——文懷德神父

他抬起布滿皺紋與老人斑的雙手，為這個不著寸縷、鎮日癱臥病榻的中風老婦，仔細地擦洗著每一寸皮膚，每一個皺摺紋理處。溫暖的蒸氣裊裊升騰，沖淡了空氣中接近死亡的腐敗況味，老太太日漸萎縮的病軀得以潔淨，被病魔蝕朽的心靈得以享受最溫柔悲憫的寬慰。

三歲時的領洗證明，不知被遺忘在生命的哪個角落，而我受洗的所在——老梅教堂又經歷過什麼樣的風霜？這個緊繫我童年生命根柢的地方，像一塊神祕的磁石，吸引著我瘋狂地尋找有關它的過往、翻遍所有相關的資料、追索一切由它而起的故事。我很想知道，在我三歲的那一天，到底是哪一位神父用沾了聖水的手覆在我的額頭上，使我的生命有了一個特別的開端？

蒐集資料的過程一開始並不順利，因為年代實在太久遠了。圖書館內有關老梅聖堂的相關文獻少之又少，石門鄉誌裡對天主堂的著墨也不多，於是求助教堂所屬的聖母聖心會，並拜會了林必能會長。林會長是一位感性的傳道人，他樂見我的書寫，並主動給了我許多協助。

當我拚湊手邊拿到的所有史料，並比對裡面的年代卻發現：老梅天主堂的首位駐堂神父是文懷德毫無疑問，但繼任者巴昌明神父上任的時間卻莫衷一是，有些資料顯示是一九六八年，亦有一說是一九六九年，更別說註明到任的月份了。若母親的記憶沒錯，那麼在一九六八年的某一天，兩位神父都有可能在我的額頭覆上聖水，為我付洗。

就差這麼一年，那領受聖洗的事實隱沒在模糊不清的時空裡，成為一個帶著詩意與悵然的難解之謎。

頭幾個月，我埋首鑽研這些資料，將眼目專注於白紙黑字上，固執地追究神父到任的時間，一心只想釐清個人的信仰時程。但當我日漸走進老梅教堂的歷史、拜會許多四十多年前的老教友、一路挖掘出更多關乎信仰與愛的生命故事後，一種更深刻的感動淡化了我尋找付洗神父的私心：

原來，那些為天主、為教友、為世人奉獻的神職者的生命價值，遠遠超乎我對教義的理解、對福傳的詮釋，以及對真實信仰的期待。

原來，傳教從來不只是宣揚教理那麼淺薄，這些外籍神父無怨無悔地離開故鄉，來到陌生的異地，為這裡的人傾注他們一生的愛與無私的奉獻。這種從信仰而生的無限仁愛，往往體現在落後貧窮、戰火肆虐、瘟疫蔓延的惡途險境；體現在籌設醫院、慈善辦學、開墾荒地與人們患難與共的生活裡。但這樣的愛與艱苦的創設，卻常常因為當地根深柢固的傳統信仰或是政局的紛亂而被摧毀殆盡。

一九三三年，比利時籍的文懷德神父被聖母聖心會派到中國寧夏傳教，那年，他二十七歲。在他來此之前的二十年，已有一百多位聖母聖心會的神父死於教難，或是可怕的瘟疫，但這並沒有阻撓他踏上聖道的決心。文神父先在北京學會中文和蒙文，之後便去到了城川（舊蒙古教區，今內蒙古鄂托克前旗）開啟福傳之路。

蒙古，中國浩大的邊陲，在那裡傳教，有時得要靠騎馬才能到達目的地。一騎出行，天地蒼茫，也許常常要騎上一天的時間，才能訪視到一位教友。

我曾經走訪過那裡，廣袤無垠的大草原，彷彿與天地相連，永遠沒有盡頭，就算是在交通發達的今日，車行也要數十分鐘才能見到一座蒙古包孤立草原。即使是夏天，早晚溫差也極大，白天的燠熱到了夜晚卻是寒峭，若是冬日，動輒零下幾十度的冰雪酷寒環境，生活更是艱苦。然而在那蒼涼貧瘠蠻荒惡劣的中國塞外，文神父一待便是二十個年頭。

國共戰爭改寫了兩岸許多人的命運，這些在中國待了幾十年的外籍神父也一樣，他們或被關在集中營，或被軟禁。文神父在一九五一年被捕，拘留在陝西定邊。兩年後，他重獲自由，回到故鄉比利時。但沒多久，福傳的使命感便催促他告別家鄉，與聖母聖心會的其它三位神父，一起來到台灣。他們落腳台北，並開始在萬華和北海岸一帶陸續建立了許多聖堂。

文神父傳道的腳步從此踏遍台灣北境，再也沒有停歇。

王里紅，一九四八年出生於石門。

小學六年級的那個暑假，她帶了十幾個同學去石門洞的山上玩耍，那天，剛好有一個外國神父來探視住在附近的一位教友，他看到這個外向活潑的小女孩很是歡喜，便親切地問她：「妳怎麼這麼棒？帶那麼多小朋友來玩？妳家住在哪裡呢？」

「我住石門街上。」她回答。

小王里紅面對這個個子不高、說話帶著奇異腔調、嘴角揚起一抹斯文微笑的外國人，一點也不感覺害怕。沒想到過了幾天，她就看到那個外國人來家裡拜訪她的父親。那個人，就是文懷德神父。

王里紅的父親王成然，時任石門鄉公所財政課長，少年時代曾在淡水的日本公校裡學過漢文，並在台灣第一位本土神父涂政敏那裡聽過教理，對天主教的信仰並不陌生。彷彿是天主的帶領，文神父因王里紅而認識了她的父親王成然，知道他與天主教的淵源之後，更是高興莫名，不久神父便在王家隔壁租了房子，成立布道所傳教。隔年的聖誕節，王里紅全家便和三十多位教友一同領洗，成為教徒。

偏遠北海岸的傳教工作，落在文神父肩上，他的一雙腿踏遍了金山、石門、三芝等地。一九六一年，他在老梅街頭租了一間房舍成立布道所，來聆聽道理的多半是附近銘德一村的軍眷。隨著教友愈來愈多，布道所不敷使用，文神父開始四處奔波找土地，希望能建一所聖堂傳教。那時剛好老梅國小有一棟廢棄的老師宿舍，熱心的教友王成然與銘德一村的馬鐵岩夫婦便向校長請託，希望他能出讓這棟已荒廢的宿舍給教會建聖堂。於是，在白沙灣教友一磚一瓦地辛苦鋪砌之下，老梅聖堂終於在一九六二年建堂。那一天，共有一百多位大人與小孩參與聖事，領洗成為天主教徒。在民國五十年代地處偏遠、以宮廟為信仰的小村落裡，這是難得一見的盛況。

既是偏鄉，生活自是困苦，教堂發放的美援麵粉、黃油、奶粉、衣服，對討海與種田維生的純樸村民來說，不是天上掉下來的禮物，而是能填飽肚子的基本必需品。有些人為了得到這些物資，會昧著原來的信仰踏進教堂，但沒有人忍心苛責他們，而這些村人也知道，這位藍眼珠的阿斗仔神父不會在意。

石門鄉民大多從事農漁業，大人們忙著討海、下田，孩子沒人照顧，文神父於是開辦了農忙托兒所，不但免費提供看顧，也不限教友的子女參加。為了讓女教友能習得一技之長，他還首創裁縫班，讓她們得以在日後靠自己的能力謀生。同一時間，老梅國小的幼稚園停止招生，教堂自然承接了為在地人辦學的責任，成立了聖母聖心幼稚園。從麵粉、黃油到餅乾、牛奶，這個文質彬彬的神父，就這樣和在地人慢慢建立了感情，天主堂的幼兒教育也開始在地日漸紮根。

一九六二年，那個在石門洞帶孩子玩耍的王里紅初中畢業了，文神父看出她是天生的孩子王，有與生俱來的領導能力，就請她來老梅幼稚園當老師。幾年過去，神父愈來愈發現王里紅對幼教的經營特別有天分，便鼓勵她去念「永泉傳教學校」，以習得更多有關學齡兒童的教育知識和理念，這一念便是三個寒暑。文神父打從心裡關愛這個他從小看著長大的孩子，不但自掏腰包為王里紅繳三年的學費，怕她在宿舍住不習慣，還常常老遠從三芝坐車到台北來探望她，臨走時不忘塞給她一把零用錢花。王里紅算算，神父每個月給她的零用錢將近一百塊，而當時普通人一個月的薪水也不過幾百元而已。

王里紅是文神父播下的一顆福傳的種子。

她總是在幼稚園下課後，跟著神父坐著公車去各地傳教、講道理，從三芝到金山、從山邊到海角、從白晝到黑夜，一步一腳印，北海岸到處都有他們福傳的足跡。神父也常常帶著她跑到台北華明書局買十字架、念珠、蠟燭、麵餅等彌撒用品，有時走著走著碰到教友，不管對方會不會念玫瑰經，文神父都會硬塞給他們一條念珠。

有一次，住在王里紅隔壁的叔叔，不小心被蛇咬傷了腳，因為沒錢醫治，只能放任不管，沒想到過了幾日，傷口竟一路從腳掌潰爛至小腿，一條命也快要不保，文神父焦急得不得了，趕忙替他連絡醫生，介紹他去羅東聖母醫院開刀、切除，並且裝了義肢，直到好幾個月後出院，這位叔叔都沒有花到一毛錢。

發自信仰的愛德、沒有目的的給予，是文神父留給王里紅最深刻的感動。物資的整理與發放是很粗重的工作，一包一包重達好幾公斤的麵粉，神父總是自己抬進抬出，再加上到處奔波講道，沒有人注意到，那神職裝束裡的小腿肚，早已布滿了青色的靜脈瘤。有一天，神父照例扛著麵粉來回走動，突然間，小腿的一條腳筋竟然在王里紅眼前爆掉，汩汩地流著鮮紅的血，她大聲驚呼：「神父，你的腳流血了！」「沒關係，不要緊，等下擦擦藥就好了！」文神父神色自若地看了看自己流著鮮血的腳，反過來安慰她。

「我沒有時間生病！」神父總是這樣對她說。

大我十四歲的光華哥，曾做過文神父的輔祭，站在他旁邊提香爐、搖鈴、呈上聖餐餅酒，他印象中的文神父是斯文、和藹、永遠帶著慈祥微笑的長者。「為祈求天主的赦免，每個禮拜都要想想自己做錯了哪些事，然後向神父告解，但我常常想破了頭還想不出來！」光華哥笑憶與文神父共處的點滴。

光華哥的母親，也是老教友唐媽媽回憶，文神父看到孩子就會發給他們一本小冊子，不管是不是教友，只要上一次教堂，就在小冊子上蓋一個章，集滿十個章，就可以換麵粉，還有白脫油（butter）。在那個物資匱乏的年代，比起豬油拌飯，白脫油拌飯可說是更奢侈的美味了。

說著說著，雋刻在回憶裡的往事一件件鮮活了起來。唐媽媽對文神父印象最深刻的一件事：是他為村子裡一位中風的老婦洗澡。

這宛如傳奇的故事無人親睹，如今，我只能靠著想像重塑那個光景：在鄉下磚泥房子的簡陋浴室裡（更有可能只是在一個狹促潮溼的空間裡），文神父或許是雙膝跪地、或許是費力蹲踞，他抬起布滿皺紋與老人斑的雙手，為這個不著寸縷、鎮日癱臥病榻的中風老婦，仔細地擦洗著每一寸皮膚，每一個皺摺紋理處。溫暖的蒸氣裊裊升騰，沖淡了空氣中接近死亡的腐敗況味，老太太日漸萎縮的病軀得以潔淨，被病魔蝕朽的心靈得以享受最溫柔悲憫的寬慰。也許，她的四肢早已僵硬、嘴巴早已歪斜，無法言語；也許，她只能用骨碌碌不停轉動的眼珠，來表達對神父的無盡謝意。

從信仰而來的愛與奉獻到底能不能跨越世俗的界限、傳統的禁區？

我無法回答。

我只知道，若在今日，這樣的舉動恐怕多少會換來質疑的目光或是閒語，更何況是在民風十分保守的幾十年前。然而我想文神父當時為老婦做這件事，不過是出於單純的宗教之愛，出於天主之愛，他的信仰帶領他付出愛的行動，早已超越男女性別的框架與傳統禮教的分際，我相信，他也無懼且不會在意那些不相干或愚妄者的論斷與批判。

為傷者尋醫、為病者沐身、為窮者度難……那些年神父為教友、或非教友所付出的一切，並未從昨日的記憶裡淡去。

唐媽媽憶到，還有一位患了癌症的村民張太太，治療多時藥石罔效，臨終氣絕之前，文神父趕赴她的病榻，為她傅油聖洗，讓她得以平靜而安詳地回歸天家。然而張太太的家屬是信奉道教的，葬禮必須要兼顧死者與家屬的信仰，於是在出殯時，老梅街上便出現了這樣的景況：一邊是文神父領著一群教友跟在棺木後面哀悼祝禱，一邊是家屬請來的道教師公，邊搖鈴邊超渡亡魂；玫瑰經的誦念與叮呤叮呤的節奏共譜出默契十足的哀傷旋律，這個畫面雖突兀，卻也突顯了宗教對於不同信仰的寬待。

打破在地人排外的高牆，聖母聖心會的神父們在北海岸一帶耕耘有成，金山和三芝也陸續建了天主堂。每年暑假，教會都會在天主堂安排夏令營活動，讓來自台北貧困地區的孩子們免費參加。那時，教堂的廁所不夠用，有些不懂事的小女孩就常常跑到草叢裡就地如廁，還把擦拭過經血的衛生紙胡亂丟棄在地上，有女教友看不過去，邊罵邊打算幫神父整理，正當她想彎下腰去撿時，文神父著急地跑過來一把推開她：「不要不要，那個髒，我來就好，我來就好！」

那位女教友被神父一推，差點一個踉蹌跌倒。

她就這樣呆立一旁，看著神父直接用手把那些沾滿經血的穢紙，一張一張地撿起來。

江明珊，今年六十歲，曾任老梅及三芝天主堂幼稚園的老師及園長。

她聰穎早慧，不到十歲就進出教堂學習教理。天主教教理大人有七十二問、小孩則是三十六問，普通人若會背一半就很不錯了，江明珊小小年紀不僅會背小孩的三十六問，連大人的七十二問也難不倒她。

當時文神父身邊有位傳教員，常常考核她教理三十六問，江明珊每次都對答如流。看著傳教員倖倖然的臉，她很挑釁地說：「大人的七十二問答我也會。」傳教員不信，再次一一提問，就這麼一來一往，江明珊又輕鬆過關。後來，傳教員要她回去背聖母經、天主經……題目愈來愈難，但每次不等傳教員問完，她就稀里嘩啦一股腦全背了出來。最後，傳教員立下一個嚴格的門檻：「你要會背信經才能領洗。」信經，所有經文裡面最難最長的，但好強的江明珊相信自己能做到：「我可以！」到了下個禮拜，她果然從容地背出信經全文，於是，她便在小學四年級時由文神父付了洗，聖名叫做亞納。

江明珊記憶力雖強，但眼力很差，往往看穿了黑板也看不見老師寫的字，常常因此交不出作業，每天被老師體罰，打到手背都黑青腫脹！有一天上課，書本上提到了近視和遠視的內容，她這才恍然大悟，跑去找老師指著課本：「老師老師！我就是這個這個（近視）啦，所以看不到！」老師至此才知道以前完全錯打了她，抱著她痛哭一場！

江家有六個孩子，生父過世，弟弟又生病，養父一份薪水要養八口人，每個月都山窮水盡。江明珊發現自己近視的那個月，養父的薪水只剩下一百九十三塊四毛，連付房租兩百元都不夠，更別說配眼鏡了。文神父知道後，十分心疼這孩子的處境，他馬上親自帶著她跑了三次台大醫院掛眼科做檢查，還領著她去到後火車站，自掏腰包為她配了一付眼鏡。那付眼鏡，花了神父二百五十元。

「我還記得那個眼鏡行叫做『明美眼鏡行』。」那些文神父帶著她東奔西跑的溫暖場景與片段，江明珊在五十年後還能清清晰晰地回放。

文神父常常捨了自己應得的，給更需要的人。

雖然教堂有舊衣、麵粉、白脫油等物資，但鄉下人口多，往往不夠分配，神父私底下總會掏出自己的薪水或買些日常用品救濟那些困苦的家庭。

曾經有教友去探望神父，他很高興地留她們吃飯。教友以為有什麼好吃的，心裡很期待，只見神父從冰箱裡拿出來一鍋稀飯來，但那飯不知放了多久時日，已經散發出腐敗的臭酸味，教友看了大吃一驚、心裡更嘀咕著：「唉喲，這稀飯已經臭酸啊，神父還在吃！」但看著神父若無其事地一口一口地吃著，教友們也只得忍著令人作嘔的味道，勉強吞下這碗加料的「糜」，結果回到家後就狂拉肚子跑廁所。

原來，「神貧」是一種平凡人不能忍受的滋味，是一種出世的怡然自得與喜樂。

常有村民跑到神父面前和他哭窮：「神父啊，我嘸錢，過得緊艱苦。」

旁邊的教友聽了總是緊張地附耳提醒：「神父，你不要給他，這個人是來騙錢的。」

但神父並不理會教友的勸阻，還是把錢給了對方，並且說：「你若騙錢，那是你和天主的事，我給你錢，做的是愛德的工作，那也是我和天主的事。」

神父明知會被騙，還是願意「給」。

「他就是這樣，可以統統給人家，自己什麼都沒有。」江明珊紅了眼眶。

老梅天主堂教友郭霞曾在二〇一四年發表一篇〈老梅聖家堂〉的文章，裡面曾提及了一段塵封的往事：文神父曾在石門車站附近買了一塊很好的地，想要在這塊地上蓋教堂，錢都付了，但賣方遲遲不辦理過戶，後來更騙他說那塊地已規畫為公共建地，不能賣，結果這個老實又正直的阿斗仔神父信以為真，只好把地還給賣家，付出去的錢再也沒討回來。

我總覺得，神職人員的天性裡比常人多了一份脫俗的浪漫情懷，讓他們以天真單純、不沾染世俗塵埃的個性投身聖職，一生誓守貞潔，無怨無悔為主全然奉獻。

文神父無疑是浪漫的，他不但是個語言天才，還是一位詩人。

在大陸二十年，學會了中文與蒙文，到了台灣後，為了親近在地人、融入在地的生活，他又開始學台語。王里紅的父親王成然曾用羅馬拼音將聖經翻譯成台語，幫助神父傳道。據說，當時在三芝石門金山傳教時，神父都是以台語念經文，只有老梅因為有眷村的關係，才用國語傳道。而那些用羅馬拼音一字一句辛苦譯出的台語彌撒道理，後來都被保留下來，成為日後來台的外籍傳教士講道的教材。

一九七四年，踏遍國境之北、年近七十歲的文神父帶著靜脈曲張的老邁雙腿，來到了馬祖，好學不倦的個性再次激勵他學講馬祖話，不只如此，他用溫柔的雙眼觀察這個美麗的離島，感受到人們純樸真摯的個性與樂天知命，他對馬祖人與土地的熱愛，幻化為〈馬祖頌〉裡流淌的浪漫詩意：

我馬祖的手足們，
最著迷於你們工作中、談話時——
喜形於色、健步如飛的模樣！
馬祖的漁夫啊！
駕馭著小艇、在巨浪中翻騰，
千辛萬苦地撒網補魚；

且常常　滿載而歸。

漁夫的賢妻們，
在路邊攤上呼喚吶喊、販售漁穫；
但言語樸拙、聲帶滄桑，
常令我費盡疑猜、艱澀難解。

馬祖的孩子們！
歡暢地上我們的繪畫課；
請千萬別在我屋內拳打腳踢，
安靜點！學學小老鼠吧，
以盡情揮灑出你們的天空！

捍衛馬祖的將士們！
常見你們精神抖擻、英姿煥發；
昂首闊步、毫不遲疑，

好一副　勇者無敵！

比利時與馬祖，天差地遠的兩個世界。

這個七十歲白髮蒼蒼的慈祥老外，就這樣融入了漁夫們的生活、同孩子們一起畫圖歡樂，和守衛彊域的戰士們打成一片。

馬祖「夫人咖啡館」的老闆娘王春金曾告訴我一個小故事：神父每次要坐船去離島福傳時，在碼頭站崗的阿兵哥都會親切地笑著逗問他要去哪裡，而文神父總是俏皮卻認真地回答：「我要去天堂！」

在馬祖傳道八年之後，文神父病倒了，他無奈結束半世紀的福傳生涯，返回比利時住進安養院養病，王里紅曾請託同為聖母聖心會的侯德發神父稍去石門的特產與一封信。紙短情長，望著這份飄洋過海而來的思念，神父感動地落下了老淚。而他對教友們濃濃的懷念，只能化為一張在安養院照的照片，讓侯神父帶回台灣。

照片裡的神父左手搭靠在椅背上，臉色紅潤完全看不出病容，他的前額已禿盡，僅剩全然花白的頭髮圍繞兩鬢，美麗的長長白鬍襯著他上揚的嘴角，形成一種無比溫柔的弧度，那細長的眼睛注視著鏡頭，眼神溢滿了聖潔與慈愛，他的面容因一生的無私奉獻而散發出一種宛如聖者的光芒。

在我採訪過的每一位教友手中，都有這張照片，他們細心珍藏著，彷彿是世上最珍貴的寶物。每當故事說完，他們便會拿出這張照片凝視端詳，眼裡充滿了對神父無盡的感念。

後來，光華哥曾遠赴比利時探望病中的文神父，但神父彼時已飽受阿茲海默症的摧殘，所有的記憶都已如斑駁枯葉隨風而逝，他已經不認得這個當初在他身邊當輔祭、背誦教理、為告解內容而想破頭的孩子了。

二〇〇〇年二月二十三日，高齡九十四歲的神父兌現了對馬祖阿兵哥許下的承諾，他安息在主的懷抱，去了天堂。

信仰是無法被囚禁的——巴昌明神父

為了幫助貧窮的教友度過難關，神父常常把自己那份薪水都掏光了還不夠，只要口袋空了，他就不嫌舟車勞頓地跑到台北的聖母聖心會。那裡的人每次一看到他那高大的身影出現，就知道：「老巴又來要錢了！」

江明珊初中一畢業，就進入三芝天主堂的幼稚園當老師，那是一九七一的夏天。每天十一點半小朋友放學後，她就坐在巴昌明神父的辦公室裡，聽他講述在中國遭遇的那場驚心動魄的浩劫。他喜歡說，而她喜歡聽，年歲相差近半世紀的兩個人，感情就像祖孫一樣，常常一個講一個聽，過了吃午飯的時間都還意猶未盡。

故事是從巴神父被捉的那個場景開始。

那是文化大革命時期，很多在中國傳教的外籍神父紛紛被捕，難逃被鬥爭的命運，巴昌明也是其中之一，那天，教區的教友們聽到他被捉的消息後，竟跑到大街上加入鬥爭的行列。他們在紅衛兵面前一邊指著神父的鼻子痛罵，一邊用鞭子狠狠抽打他：「這個神父不准我們做這個、做那個，真是太可惡了！」巴神父忍著肉身的痛苦，心裡很是驚訝、悲傷又不解：「我的教友怎麼會這樣打我？我的教友怎麼會來鬥爭我呢？」

小紅衛兵看到這個情景，激動興奮地紅了眼：「你們天主教自己鬥自己，很好！」

教友們把神父五花大綁，邊做勢要打他，邊將他一路拖行，還不停地大聲斥吼他，他們將神父愈拖愈遠，等到脫離紅衛兵的視線時，教友們突然屈膝跪在神父面前痛哭：「神父啊，對不起，我們不是真要打你、鬥你，我們是為了救你啊！」在那個生死危急的時刻，教友們只能用這個辦法，才能讓神父不會受到更多的折磨。

進入苦獄後，神父的雙手被吊起來刑求長達二天一夜，當紅衛兵終於把他放下落地時，他的左手早已麻木失去知覺，幾乎要殘了。後來有教友偷偷教他：用童子尿和雄黃一起和著喝，可以治他麻痺的手。這個來自西方的神父在黑牢裡沒有其它辦法，只能試著用這個國家流傳已久的古老偏方，來救自己的命。被軟禁在人民公社兩年的歲月裡，神父就靠著這個方子，治好了他左手的痲痺。

巴神父在大陸曾兩度被囚禁，困蹲苦窯長達六年，兩千多個日子裡，這個性格剛烈硬頸不屈的神父，靠著堅定的信仰與意志力，熬過蹂躪與迫害。奉靠聖女小德蘭的巴神父常在獄中不斷祈求：「如果小德蘭能讓我活下來，平安離開這裡，我一定會再為中國人奉獻，並為妳蓋一座聖堂。」

一九五四年，巴神父終於獲釋離開大陸返回比利時，但他沒有忘記向小德蘭許下的承諾。回到家鄉還不到一年，他又和三位同儕自比利時千里迢迢來到台灣，先是在台北萬華地區開教，後來便在台北市大埔街建了一座小教堂，奉聖女小德蘭為堂區主保。

建堂一年後，傳報福音的工作大有成效，在地的教友一下子成長到七百多人，小小的大埔教堂不敷使用了，巴神父急忙另覓建地，他在興寧街找到一處陶瓷廠，想要另建聖堂做為小德蘭朝聖地，但對方開的價碼太高了，幾經談判都沒有成功，神父好失望，個性直率的他一面向聖女祈禱，一面把祝聖過的小德蘭聖牌擲入陶瓷廠內，霸氣地向世人宣告：「這塊地就是妳的地方，未來要為妳蓋朝聖地的所在。」

一年過去了，有一天，陶瓷廠的主人竟然主動連繫神父，表示願意降價出售，神父終於實現他在獄中許下的諾言，於一九五八年興建了聖女小德蘭朝聖地。如今，這座用巴神父的生命與堅固信仰共築的聖堂，在每年小德蘭九日大敬禮時，總會湧入來自全國各地的虔誠教友，讚美著這近六十年前天主所成就的聖願。

一九六八年（有一說是一九六九年），巴昌明神父繼任為老梅天主堂的主任司鐸。不同於個子瘦小斯文謙和的文懷德神父，巴神父個子高、性子急、講話直、心腸熱，常常大老遠就能聽到他的大嗓門，說起話來喳呼喳呼的，直來直往的個性從來不怕得罪人。神父平常戴著一副方方正正的黑框眼鏡，那鏡面底下反射出來的目光，總讓人覺得有點威嚴。但嚴肅的神父也有活潑的時候，光華哥記得，巴神父每次帶著大家唱聖歌時，總會用手腳一邊打拍子，一邊喊著：「唱大聲一點！大聲一點！」

嘗過文化大革命的荼毒，來到台灣後又在威權的氛圍下度日，讓這個是非分明、脾氣剛烈直率的神父久久不能適應。那時公家體系裡紅包文化十分盛行，神父不能接受且痛恨這樣的行為，他常常在江明珊面前用台語咬牙切齒地怒罵著那些官僚：「呷錢！呷錢！呷錢！」

當時，「反攻大陸」還是政府的口號，官方常請他去演講，公開在大陸被迫害的經過，私底下也希望他能加油添醋一番，渲染一下情節，但脾氣火爆、正直不阿的神父怎麼可能答應：「事實是怎麼樣就是怎麼樣，我絕不渲染一個字，也絕不隱藏一個字。」他最常掛在嘴上的一句話就是：「共產黨也有好人，國民黨也有壞人！」

江明珊常憂心忡忡地偷偷勸他：「神父啊，你會被這兩句話害死啊！」

「他就是一個真性情的人，個性剛硬、黑白分明、不遷就利益、沒有灰色地帶，他痛恨一切不公不義的事情，也不懂得柔軟與轉圜。」最了解巴神父的江明珊，為他的鐵漢性格下了最貼切的註解。

神父個子高，食量不小，但每週一至週日的飲食就和他的個性一樣固執，不是馬鈴薯沙拉，就是水煮魚或肉，週五因為是耶穌受難日，要守齋，神父會將飯菜減量，或是把三餐減為一餐。偶爾，他也會為自己打打牙祭。

江明珊記得，有時和教友們談話談到一半，他會突然神祕兮兮的說：「你們等一等！」然後就轉身跑到小廚房裡不見人影，只聽見裡面傳來勺子攪動鍋碗、乒乒乓乓的聲音，沒多久他就跑出來繼續聊天，但過一會兒他又說：「你們等一等！」然後又消失在廚房裡，原來，神父在偷偷做冰淇淋！

我想，那和著冰淇淋一起下肚的，是甜中帶苦、難以言喻的鄉愁滋味吧！

唯一一次，神父談起母親、回憶起童年，他那線條剛硬的臉龐難得露出一絲溫柔的思鄉與孺慕之情。

那是在比利時的故鄉。午飯後，母親正忙進忙出做家務活，擔心孩子們鬧騰，便要他們趴在桌子上睡午覺。但頑皮的男孩子總是會偷偷嬉鬧著，一點也不安分，母親這時就會在每個孩子的手背上放上一小撮白糖。巴昌明小小的腦袋枕著手臂趴在桌上，看著手背上那一堆在陽光下閃耀如鑽的結晶體，他心滿意足地伸出舌頭，一口一口地慢慢舔著，感受在嘴裡融化的小小幸福，那白糖像是被施了魔法的催眠劑，讓他帶著母親的愛，就這樣甜甜地、慢慢地進入了夢鄉。

每年寒暑假，各教會常舉辦各種研習營，神父總會敦促著江明珊去學習。他對她的關愛，也表露在日常生活上。女孩都愛美，正值花樣年華的江明珊有次穿了一條長度在膝上、不算迷你的裙子，和一件無袖上衣來幼稚園上班，神父看了看搖搖頭說：「以後妳不要穿這個衣服來上班。」江明珊也聽話，從此以後，她就只穿長褲或是有袖子的洋裝。神父還常對她說：「妳要是交了男朋友，一定要先帶來給我看！」可惜的是，這個約定一直到巴神父離世，都沒有實現。

文神父喜歡給人領洗，巴神父則重視孩子的教育問題。

在老梅三芝這樣的鄉下，居民的經濟狀況大多不好，也因此常常影響孩子的就學機會。為了幫助貧窮的教友度過難關，神父常常把自己那份薪水都掏光了還不夠，只要口袋空了，他就不嫌舟車勞頓地跑到台北的聖母聖心會。那裡的人每次一看到他那高大的身影出現，就知道：「老巴又來要錢了！」後來巴神父還為家境清寒的教友們申請獎助金，唐光華家的五個孩子裡，就有三個得到獎學金的補助，得以順利升學。

唐伯伯那時的職銜是士官長，全家七口人，食指浩繁，靠他那點微薄的薪水，經濟很是困絀，有一年冬天，甚至連買棉被的錢都沒有。唐媽媽雖會裁縫，但也只能在閒時幫眷村軍人、眷屬補綴破舊的衣服賺點小錢，還好後來天主堂附設了幼稚園，她便去那裡幫忙做褓母，補貼一點家用。

一九七一年，唐家大女兒考上台北市商夜間部，國中老師知道她家裡的經濟不寬裕，便幫她在市商附近找了一份工作。熱心腸的巴神父特地跑到唐家，問她學校考得怎麼樣？唐媽媽告訴神父說，女兒決定去念夜間部，半工半讀，減輕家裡的負擔。神父聽了急得猛搖頭扯著嗓門說：「女孩子去讀夜間部太辛苦了。我建議妳去考耕莘護校。耕莘醫院是天主教創辦的醫院，今年要成立一所護校，教友的孩子去讀，學雜費有優待，我再幫你們申請獎學金，這樣你們的負擔就不會太重，而且護校畢業後馬上就有工作，妳可以考慮考慮，過兩天回答我。」

神父說完後，就領著唐家人一起低頭祈禱，誦念玫瑰經。第二天，唐家大女兒決定接受神父的建議去念護校。神父高興極了，就像是自己的女兒一樣，他親自跑去台北聖母聖心會幫唐家申請教會員工子女助學金，每學期可以領到一千四百元的補助。後來，唐家老三念光仁高中也是巴神父的建議，因為光仁是聖母聖心會辦的學校，教堂員工子女只要符合清寒條件，學費全免，只需繳交住宿費和伙食費即可。之後老五讀徐匯中學，也是靠著巴神父向教會申請補助，減輕了唐家不少的負擔。

但若問到還有哪些教友曾受到神父的幫忙，沒有人會知道，因為神父只會私下伸出援手，從不張揚。

巴神父的性格裡有一種與生俱來的倔強，還有一股超人的堅忍意志力，有一次，他的腳被狗咬到，傷勢不輕，但他卻不吭一聲，若無其事地彎下腰擦一下碘酒後，就抬起頭來專注地讀著聖經，讀了二、三個小時後，他似乎想起什麼，又默默地彎下腰去擦藥，擦完了再繼續抬頭讀經，「那過程讓我想起關羽刮骨療傷的故事。」江明珊回憶。

我想，比起在牢裡遭受凌虐刑求、左手癱瘓麻痺，這點小傷對性格勇烈如關公的巴神父而言，實在不算什麼！

天主賜給他福傳的使命，也賜給他一身傲骨。

神父晚年歷經了中風、跌倒、骨折的種種意外，但固執倔強、脾氣剛烈、自尊心又強的他，面對身體的病痛，無論在人前人後都從不顯示自己的軟弱。生病住院期間，他老是不耐煩地把打點滴的管子拔掉，把不舒服的尿管硬生生扯開，讓照顧他的人束手，最後醫院只好讓他返回比利時治療。

那天，江明珊一路哭著趕到機場送行，神父看到她來，欣慰而感動的神情趕走了臉上的病容，他坐在輪椅上，吃力地舉起因中風而顫抖的右手，以天主賦予的權柄，為這個十六歲起就跟在他身邊幫忙、聽他說往事、情如祖孫的女孩，做了最後一次的覆手降福。

直到現在，我依舊無法想像，為什麼這些神職者可以這樣無私地愛人，可以這樣為人們付出不求回報？他們對信仰的熱望要到何種程度才能擊退身心靈面臨的巨大試煉與軟弱？才能終生堅守貞潔與神貧的承諾，不背離他們所愛的天主？

細數艱苦福傳的一生，文神父被拘留兩年，巴神父被囚禁六年，但高牆禁錮不了他們的肉體，更沒能摧殘他們堅定的信念。

他們在年輕的時候便被天主揀選召叫，帶著永不磨滅的印記揮別至愛的母親與家園，來到異國，在客觀條件困難、物資匱乏的地方，毫無怨悔的付出，即使失去自由，也甘心投身於天主的計畫裡。從乾枯荒寂的大漠、貧窮底層的萬華、國境之北的偏鄉，直至孤懸海上的離島，哪裡遙遠，他們就去哪裡；哪裡環境艱辛，他們就去哪裡拓宗教的荒。

我相信數十年後的現在，台灣的偏遠角落裡，還有許多文神父和巴神父，在為流著不同族群血液的台灣人，貢獻他們的一生；他們也許天真、單純、直率，沒有經過人世的歷練，不懂得人心的險詐，不明白處事的圓融，但他們用信仰生命之泉，努力澆灌這塊土地，並與在這片土地上生活的人們，產生了牢不可破的情感連結，這種犧牲與奉獻，早已超越了信仰本身帶給人們的普世價值！

五十年過去了，如今，我只能透過史料與教友的回憶了解文神父和巴神父的一生，了解他們其實和我們一樣，有歡喜、有悲傷、有憐憫、有憤怒、有實在不虛偽的真性情……這些片段的憶述與事蹟，是如此鮮活地在我的心頭恆久駐留。而我無法寫盡的，是那不可計量、超乎一切的愛德，那是無限豐沛的主愛臨在他們之內，他們再將這份愛傳報給世人，而這份愛無所不在，在飽受凌虐卻不忘信仰誓約的囚牢裡、在一碗發臭腐壞的稀飯裡、在國境之北的小小村落裡、在一張張沾滿穢血的紙張裡……

文神父和巴神父晚年，分別因阿茲海默症及中風返回比利時。他們人生的最終章，充滿了孤獨與病痛。當生命走到盡頭時，兩位神父不會知道，有一位曾被他們付洗的台灣小女孩，在四十七年之後用這種方式感念他們；他們也許不會記得，這一生為台灣做了多少奉獻，但，我會記得，老梅的教友會記得。

●文懷德神父檔案

一九〇六年生
一九三三年赴大陸寧夏區傳教
一九五一～一九五三年被拘留大陸定邊
一九五四年來台
一九八二年返回比利時
二〇〇〇年歿
為華人奉獻四十九年；為台灣奉獻二十七年。

● **巴昌明神父檔案**

一九一〇年生

一九三八年赴大陸熱河區傳教

一九四一～一九四五年被拘留大陸瀋陽

一九五一～一九五三年被拘留大陸馬家窩堡

一九五五年來台

一九八一年返回比利時

一九八七年歿

為華人奉獻四十三年；為台灣奉獻二十六年

■**參考資料**：

1. 石門鄉誌
2. 在華聖母聖心會士名錄／二〇〇八年出版
3. 聖母聖心會在台五十週年紀念冊
4. 老梅聖家堂／郭霞著
5. 追尋鹿港到眷村的歲月／蔡雅寶著
6. 聖女小德蘭朝聖地手冊

一九六二年老梅聖家堂落成，當天有一百多位大小教友參與聖事並受洗。第二排左三為文懷德神父。（王里紅提供）

巴神父與天主堂幼稚園員工合影。前排左一為唐媽媽蔡雅寶女士。（唐媽媽提供）

文懷德神父成立裁縫班，讓在地婦女們能學得一技之長。（郭霞提供）

巴神父與三芝天主堂附設幼稚園學童合影。右為時任幼稚園老師的王里紅。（王里紅提供）

人稱馬媽媽（右一抱小孩者）的劉淑敏姐妹，為老梅天主堂的創堂四處奔走、貢獻良多。其後方為文懷德神父。（唐媽媽提供）

早期的老梅村民大多務農或捕漁，孩子無人照管，文懷德神父於一九六二年開辦了農忙托兒所，不論是不是教友的子女，都能免費參加。（唐媽媽提供）

文神父（中站立者）與受洗的大小教友合影留念。神父右後方為十幾歲時的王里紅。（王里紅提供）

巴神父（中）曾於一九七四年返回比利時，王里紅到機場送行。神父回台後即接任金山堂主任司鐸。（王里紅提供）

左　唐媽媽和郭霞媽媽細細端詳五十年前的老照片，感念文懷德與巴昌明神父的愛德事蹟。

中　五十五年前在石門帶著一群蘿蔔頭玩耍的王里紅，曾跟著文神父踏遍了北海岸傳道。

右　與巴神父情同祖孫的江明珊翻找老照片。

第六章

國境最北聖堂・最後一位天主教徒

守護的心——一座沒有彌撒的教堂

日復一日，年復一年，她守護著這座空無一人、沒有彌撒的教堂幾十年，因為她相信：只要還有一個教友，天主堂就不會消失！

將哀痛化為力量——郭霞媽媽

她漸漸明白，以往生命中的破碎只是人生道路的一部分，終究都會過去。

守護的心——一座沒有彌撒的教堂

她獨自點起燭火敬拜聖體，起身拂去聖龕上的灰塵、潔淨潮溼的祭桌，彎腰掃盡地上、跪凳、窗台上的污痕；她獨自對著親愛的天主說話、祈禱，而十字架上的耶穌總以沉默回應，只有燭火滴結的蠟珠宛如聖母因感動而落下的淚滴。

老梅的風，吹散了我悲喜交融的童年、吹走了天主堂的繁華過往，如今我伸出手，試圖攫取拼湊那些飄落各地的殘碎片斷，卻意外地發現：有許多我不知道的故事，在角落裡等待發酵出再一次的感動。隨著一步步翻出舊檔案、一次次爬梳老歷史，我漸漸勾勒出老梅教堂流轉半世紀的一頁滄桑，那裡面，有一位教友的一生守護，有一個令人動容的神聖篇章。

「你來這裡，好像讓文神父和巴神父又重新活了起來！」

第一次拜訪郭霞媽媽，臨走時她便對我說了這句話，她是不經意地笑著說的，我也笑笑地聽著。但步出她家之後，眼淚卻糊了雙眼，我那一向堅冷的心似乎被觸動了，那是一種渺小的生命價值突然被肯定的喜樂、是一種未知的使命感驟然地站上肩頭的悸動。

當母親帶著我和二姐落腳銘德一村時，郭霞媽媽已經在那裡住了六年。其實，母親和她並不熟稔，但她卻記得我們母女仨。從她的口中聽到那些並不存在我腦海裡的如煙往事時，我很驚訝，因為有些事是母親從來沒有提及的。郭霞媽媽記憶中的我，是爸爸不在身邊、媽媽忙著上班、常常和姐姐在家門口騎著玩具三輪車的胖嘟嘟小女孩。她萬萬沒想到的是：那個小女孩在四十多年後會重新站在她的面前，聆聽她一生的故事；而令我不可思議的是：我和她竟會以這樣的方式重逢，並為我那本以為早已停滯蝕鏽的生命之輪，帶來前行的力量與感動。

在石門麟山鼻與富貴角兩個岬角間，有一處美麗的灣澳：白沙灣。保守迷信、重男輕女的觀念與童養媳的習俗在此地紮根數代，難以改變。日升日落、潮來潮往，白色的吐沫可以撫平沙灘上的足印，卻無法沖刷掉一齣又一齣時代的悲劇。民國二十八年，郭霞在這裡誕生。

從小，她就有兩個爸爸！母親是童養媳，卻愛上了另一個男人，懷了她，長輩氣急敗壞，不願成全母親的愛情，更不准她和原來婚配裡的先生解除婚約，母親就被迫夾纏在這兩個男人之間，她的人生被撕裂成兩半，無論拾起哪一塊，都是殘缺。郭霞的誕生，成為這個不被祝福、有實無名的婚姻裡最大的犧牲者，親生爸爸在眼前，卻始終不能叫一聲，從小，她的心靈盡被這個悲劇裡的苦痛填滿、被大人臉上的哀愁填滿。

孤獨與憤怒，是她童年的總合！

身為長女，底下有八個弟弟，母親每生一回孩子，她就多了一份重擔。炎夏裡，她常常得背著出生未久的弟弟，赤著雙足、一路踩著灼腳的炙熱黃土，去田裡找媽媽給弟弟餵奶，來回一趟往往就要三個多小時。弟弟吃飽了，但她切慕母愛的心卻是荒渴，儘管對這個家庭付出再多，母親總是無視，只因她是女生。母親歷經了上一代重男輕女的苦毒，卻用同樣的方式扼殺女兒的童年，她既是受害者，卻也是另一個悲劇的製造者，然而她自己並不知覺。

也許，母親一開始便沒有接納她的生命。

討不到母愛，怨懟、仇恨、壓抑迫使郭霞早熟，提前嘗到世界的殘酷。她常常獨自在外晃蕩，在大自然的神奧裡沉思、尋找慰藉。坎坷的身世讓她面對外界的流言或話語的凌辱時，只能選擇用強大的憤怒感來武裝自己，她覺得這世上沒有可以依恃的人，唯有自己才是最可靠的。

憤怒，可以遮掩一切，而書寫，是情緒的出口。

國中時，一篇中秋節的作文讓國文老師驚豔，還特地在全班同學面前表揚她，同學也用欣羨的眼光讚美：「郭霞，妳怎麼那麼會寫？」在師長和同儕的心目中得到了肯定，她便開始幫阿兵哥與出外人代筆寫信。就這麼寫著寫著，那些來自身世的自卑與不被母親接納的痛苦，似乎就在字裡行間如流水般慢慢地渲洩了。

她喜歡寫作，更喜歡思考。

這個小學每學期都拿第一名、全村第三個考上初中的女孩，有著與眾不同的早慧與思想。當時她周圍所有的家族親人都是信奉傳統民間宗教，看著他們從石頭、木頭，拜到床頭，她小小的心靈十分不認同。她總是仰望天空星辰反覆思索，探討人生更深層的境界：「浩瀚的宇宙、奇妙的人世間，一定有一個真神存在，我一定要找到那個真神。」

民國四十八年，郭霞二十歲，這個出身重男輕女傳統家庭的女孩，不願接受宿命，她顛覆了所有人的目光，勇敢地決定了自己的未來，嫁給一位外省空軍士官長！在那個外省人口只占百分之三、民風保守的年代，那樣的婚姻可以想見是完全不被接納的。村裡人在她背後冷嘲熱諷、狠絕咒罵：「誰家的女兒嫁給外省人就應該殺掉餵豬！」但這些惡毒的譏諷與咀咒總是徒勞。

婚後，她與夫婿住進老梅銘德一村，剛結婚的小夫妻，經濟壓力大，隔年，大女兒出世，攪得這個才二十歲的新手媽媽心煩意亂，更催促她去尋找一個宗教讓心靈有所倚靠，但這世界上這麼多的宗教，要去信哪一個？她常常仰問穹蒼：「若我要找一個神、是宇宙創造者，那麼祂在哪個宗教裡呢？」

但老天並沒有給她答案。

「佛、道、回、基督、天主教，這五個宗教哪個能先觸動我，我就信哪個。」她在心裡做了這樣的決定。

不久，聖母聖心會的文懷德神父來到了老梅，開始在銘德一村附近展開了福傳的工作，郭霞因此開始望道。雖然天主教率先敲了她的心門，但從小就喜歡思辨生命義理的她不願輕易進入信仰，她要摸索、要思考、要探究、要完完全全地信服才行。

當時文神父旁邊有位傳教先生看她望道這麼久卻不受洗，不解地問她：「妳為什麼還不信天主呢？」她覺得自己還沒有準備好，還要再等待。在她的心裡，一個宇宙的真神得具備三個條件：全能、公義、聖潔。「我要信的是這樣的神。」她回答那位傳教先生。

對信仰的不確定，就在含辛茹苦養育孩子的歲月裡耗去，這一望教，就望了九年。

直到某天，她在舊約裡讀到：祂發動洪水滅生靈，毀索多瑪（所多瑪）和哈摩辣（蛾摩拉）；祂為救以色列人出埃及降十災懲法郎（法老）。她這才恍然驚嘆：「這就是我要信的主啊，祂賞善罰惡，是公義的；祂毀滅淫亂之城，是全能的、聖潔的，剛好符合我的三個條件。」尋索思考多時，她終於找到了自己要的信仰，於是便和那位傳教先生說：「我要領洗！」傳道人聽了十分高興地對其它教友說：「這位太太考慮了很久才領洗，她若信了，必定比你們都虔誠。」

一九六九年復活節，郭霞由文懷德神父付洗，成為老梅天主堂的教友。

早期白沙灣有一花姓人家，當時只有他們一家信奉天主教，也是當地最早領洗的天主教徒，在信仰傳統宗教的村民眼中，花家人就像是異類，他們常嘲笑排斥這家人，甚或用尖酸惡毒的言語攻擊他們。因此對於郭霞的領洗，娘家的人很生氣，他們無法理解更不能諒解，偷偷在背後罵她是信洋教的叛徒。繼嫁給外省人之後，這個無懼一切的女人，再次勇敢地與傳統思維抗爭。

那是個天主教信仰開始傳揚播種的年代！

雖是偏鄉，老梅卻是石門最熱鬧的街區，整條街上商鋪林立，人來人往。繁華時期，老梅天主堂教友共有一百多人，又以銘德一村信奉的人數最多，聖堂的活動也十分熱鬧，從早期的農忙托兒所、裁縫班，一直辦到幼稚園，大人和小孩常常把小教堂擠得滿滿得，神父福傳的身影也不停穿梭在北海岸的金山、石門、三芝之間。

十幾年過去，郭霞生命過程中所積累的憤怒、悲傷以及生活環境的困頓、教養子女的憂煩，隨著愈來愈走進信仰的深處，慢慢地一點一滴化解了。

一九八六年，老梅國小恢復辦理幼稚園，存在二十四年的老梅天主堂幼稚園不得不停止招生，學生走了，老師離開了，教堂大門也關了，聖堂再也聽不見孩子的輕脆笑語與朗朗讀書聲，只剩下每週六晚上零零落落的三五教友來望彌撒，昔日的人聲鼎沸不再，教堂所屬的聖母聖心會於是將天主堂的鑰匙交給郭霞保管。

那時沒有人會知道：一把鑰匙的交託，到後來會演變成數十年神聖而堅定的守護。

台灣經濟起飛，卻也同時迎來了農村的衰落，民國七十年代後期，偏鄉住民紛紛移居到繁榮都市打拚，銘德一村的眷戶搬走的搬走，遷移的遷移，老梅聖堂的教友也愈來愈少，這座國境之北的天主堂，走過二十多個年頭後，亦如這繁華不再的小小村落，邁入淒涼。漸漸地，老舊教堂的屋頂破了洞，漏起水來，起初還能湊合著舉行彌撒，但當屋頂破損日益嚴重，滴下的水漬無情地落在神聖的祭台上成為小水窪時，彌撒也不得不終止，最後只剩下牆上未被雨水浸溼的聖體，保全了不容玷污的聖潔。

沒有彌撒的教堂，終日靜默。

但每天晚上，郭霞會一個人拿著鑰匙，開啟聖堂的大門，進去仔細打掃擦拭每個角落，獨自敬拜聖體，和耶穌及聖母說話、祈禱。

老梅舊稱公地，教堂的建地也是公家的，一旦關了門沒有彌撒，當地人便覺得沒有保留的必要，想要拆除另作他用。一九九一年，石門鄉民代表大會全體表決通過將教堂改建為勞工育樂中心，郭霞與教友們聽到這個消息震驚不已，老梅公地那麼多，還有不少宮廟、寺院，為何偏偏看上天主堂呢？

這突如其來的決議促使北海岸的教徒們團結起來，郭霞也與教友們開始發起自救行動，成立北海岸基信團，他們開始在老梅聖堂辦活動，試圖為這個日漸冷寂的老教堂注入熱情的活水，也齊心為老梅天主堂的存續努力奔走。

有一次，郭霞受神父之託主辦一個活動，她心裡忐忑不安，心想，教堂現在沒有彌撒，能有五十個人來參與就不錯了，沒想到，最後竟來了一百多人，把教堂擠得水洩不通。

還有一個風雨的夜晚，金山天主堂幼稚園的三位老師在拜聖體時忽然得到主的啟示：「老梅聖家堂不是最小的。」這句話像是在一片黑暗中突然燃起的火光，驅走了絕望，他們帶著一個小女孩連夜趕到老梅聖堂，告訴郭霞這個好消息。那個雨夜，五個虔敬的身影，就這麼跪在潮溼的祭台前祈禱了一個多小時。

所幸，他們的祈求並未落空，來自聖靈的感動與見證也從未停止。

幾個禮拜之後，教友們登上宜蘭聖母山莊，求天主保守祂的教會，他們抽到了聖言：「凡在我叫你稱頌我名的地方，我必到你那裡祝福你。」（出谷記二十：24／思高版；出埃及記二十：24／和合版）所有的教友都滿懷信心，他們相信天主的恩寵必會臨到。

接下來的守護日子裡，不但有外人嘲笑她頭殼壞去，更有主內弟兄姐妹質疑她占著教堂不走，但這些言語攻擊與嘲諷，擊不倒這個個性剛毅堅韌的女子。郭霞將那些日子裡遇到的各種打擊與挫折，寫就了〈老梅聖家堂〉一文。這篇全文不過四千多字的文章，一字一句道盡了她以堅定力量反對拆除勢力的過程，然而隱藏在字裡行間、外人無法窺見的，卻是她以數十年的守護換來的生命印記。

有人妄想拆掉教堂屋頂的十字架，是她遇到的第一個試煉。

一位過路客經過天主堂對面的宮廟，他看了看周圍環境，竟信口指著聖堂的十字架對宮主說：「有那個十字架在，這些神明興旺不了。」過路客隨口說的一句話，卻對地方人的信仰造成了莫大的衝擊，迷信的村民感到惶恐害怕，拜託她請外國神父拿掉那個十字架。「當然不行，那是天主教的標誌。」郭霞義正嚴詞地拒絕了。

還有位住在教堂附近的鄰居，想叫神父把圍牆拆了，好方便他們通行。「我會再幫你們蓋一座新的圍牆。」那人煞有其事地說。郭霞聽了心裡覺得荒謬：「是你先存在？還是教堂先存在呢？」

另一個住在聖堂附近的人家，將自家的廢水垃圾、自釀的葡萄酒渣全部倒在聖堂院子裡；還有鄰居覺得教堂的院子閒置可惜，沿著牆腳蓋了一間鐵皮屋寮來養鴨子，結果飼料和排泄物不時恣意流放、污染聖堂。

面對這些不可理喻的行徑，郭霞一再忍讓。

更有甚者，將自家二樓的排水管穿過聖堂的圍牆，把污水排到聖堂後院裡，這次，她實在忍無可忍，拿一只塑膠袋把洞口塞起來，結果污水反回流到那人家中，那人怒氣沖沖地跑到她家門口指著她鼻子大罵，郭霞反擊：「你敢把這樣的水排到媽祖廟嗎？」對方聽了啞口無言，掉頭就走。

拆除聲浪不斷、廢水垃圾入侵、養鴨人家占地……各種離譜誇張的攻防戰每天不停上演，讓她疲於奔命。還有人動之以情，試圖以同鄉的理由說服她去向天主教高層反映。當地方的施壓、鄰居的霸道、人們的嘲諷譏笑與質疑，全都指向她時，她的信心始終沒有潰散，照例每日去打掃聖堂，守護朝拜聖體，她是這樣想的：「即使教堂破敗了、彌撒沒了，但聖體還在，再怎麼樣，也不能把文神父一手建立的教堂給摧毀殆盡！我的後台是萬王之王，又有主內的弟兄姐妹支持，無論遇到什麼挫折，我都一無所懼。」

聖堂的鑰匙，小小一把，卻承載了一份神聖的交託，郭霞接過了這把鑰匙，也勇敢承接了隨之而來的各種磨難與重擔。

教堂沒有彌撒，但還有教友，還有郭霞每日來去聖堂敬拜的堅定身影！後來因為當時的縣長反對拆除，再加上北海岸基信團的努力與聖母聖心會神父的奔走，地方沒有立場收回，拆除的聲浪日漸轉小，終至回歸平靜。

走過七年的風風雨雨，一九九八年，聖母聖心會決定整修老梅聖家堂。

整建教堂所費不貲，但修會經濟拮据，大筆經費不知在哪裡，只能靠教友們的慷慨奉獻。在一台避靜彌撒後，郭霞和負責籌款的教友抽到聖言：「這是我的愛子，我所喜悅的」（瑪竇福音三：17／思高本；馬太福音三：17／和合本）。他們十分歡欣，覺得天主一定會成就此事。果然，那些原本已搬走、或是離開教堂多時的教友們彷彿受到了感動，紛紛熱情奉獻，最後募得的款項竟比預期的多三倍。

那歷經艱難、好不容易保留下來的老舊破敗教堂，終於重現美麗的容顏。

看到教堂的新面貌，郭霞的感觸很深。

這麼多年來，她每日進堂祈禱敬拜，每一個角落都映照著她那日的心境，或悲傷、或憂愁、或喜樂、或平靜……那是她和教友用盡心力守護的神聖淨土，是她幾十年來身心靈依歸的所在。儘管守護過程中面臨了許多挫折、憤怒、委曲，但隨著教堂的煥然一新，那過去的種種或許都變得無足輕重了。

老梅教堂又恢復了彌撒，但再也無法改變教友日漸凋零的事實，平常的日子裡，它總是孤寂地等待郭霞進堂打掃敬拜，只有遇到大節慶等特殊的日子，聖堂才會重啟肅穆莊嚴的聖事。

二〇〇〇年，銘德一村拆除，眷戶被政府安置到淡水新市鎮，最後僅存的幾位教友包括郭霞在內，也不得不搬離，老梅聖堂的彌撒，從此走入歷史。

但那帶來生命的成長淬鍊、牽繫幾十年的信仰連結，哪能輕易割捨得掉呢？每隔幾天，郭霞就會搭公車往返淡水與老梅間，按著幾十年來養成的習慣，她總是謙敬地開啟聖堂大門，掃掃地，擦擦祭台上的灰塵，和天主說說話。即便這樣的往返常常需要花掉好幾個小時，耗費她不少的體力。

她就這樣兩地奔波、又繼續守護了五個寒暑。

二〇〇五年，教堂借給在地人當做學童課後安親班使用，郭霞失落地交出保管了近二十年的鑰匙。這把鑰匙對她而言，是神聖的託付、是堅定不移的信仰、是在軟弱空乏時得以飽飫的心靈之鑰，鑰匙一旦不在，無法再繼續守護聖堂，她的心也好像空了。

但老梅教堂並未就此走出郭霞的生命。

直到現在，她依舊會不時返回老梅探看教堂景況，只是，每當車子漸漸駛近，她只能從車窗裡探出頭來，遠遠地、感傷地，仰望著教堂頂端高聳的十字架。

一度，教堂變成了風箏DIY工廠，還有選舉人士牽著馬匹進來造勢，郭霞很傷心，那裡如今雖沒有聖事，但它畢竟還是聖潔的所在。她擔心教堂終究難敵現實而無法存續，當所有教友都把戶口遷往他處時，她執意把戶口留在石門，不願遷到居住地淡水，身為老梅聖堂的最後一位教徒，她只有一個念頭：「只有確定聖堂能保留下來的那一天，我才會把戶口遷出來。」她要讓人知道：「這個教堂還有人！還有教友！」

將近五十年了，郭霞從未停止為老梅聖堂的前途祈禱，也從未磨蝕掉守護的堅定信念。

前些日子，她碰到了以前主張將聖堂拆除的同鄉，她問他：「你現在對教堂的觀感如何？」

「我現在發現，這個教堂是北海岸觀光的特色耶！」對方如此回答。

還有一位神父，之前並不贊成聖堂保留重建，但後來遇到郭霞，他竟特地上前致意：「謝謝妳寫了〈老梅聖家堂〉這篇文章，也謝謝妳用行動讓聖堂可以保留下來。」

郭霞好驚訝，這些人居然改變了想法，說出與先前相反的話，她相信這是天主也在守護著這個聖堂，想辦法保留它。

「北海岸的風景是如此美麗，觀光的景點如此豐富，如今富貴角燈塔也開放了，如果聖堂能成為一個在地的特色，讓教友、遊客，或是騎自行車的車友們有個安歇落腳處，那該有多好！」郭霞勾勒著對教堂的美好願景。

這是一座沒有彌撒的教堂。

水珠自尖斜的屋頂慢慢落下，滴答滴答，交織出一首關於時間的孤獨奏鳴曲，水漬日漸漫延，終至浸溼了聖堂祭壇。空蕩蕩的教堂裡，一個纖弱瘦小的身影跪在祭壇底下，低聲誦詠著玫瑰經。她獨自點起燭火敬拜聖體，起身拂去聖龕上的灰塵、潔淨潮溼的祭桌，彎腰掃盡地上、跪凳、窗台上的污痕；她獨自對著親愛的天主說話、祈禱，而十字架上的耶穌總以沉默回應，只有燭火滴結的蠟珠宛如聖母因感動而落下的淚滴。

日復一日，年復一年，她守護著這座空無一人、沒有彌撒的教堂，幾十年過去，她的信仰不曾軟弱、堅持不曾改變，因為她相信：只要還有一個教友，天主堂就不會消失！

她的行止印證了一位牧羊人在四十六年前的一道預示：「這人若信了，定比你們所有人都虔誠！」

我只不過花了一點點時間追憶老梅天主堂的今與昔，郭霞媽媽卻用她近半生的歲月，去守護文懷德神父和巴昌明神父在她心中扎下的信仰根基：「一座天主教聖堂，是屬於全世界十三億教徒的，只要還有教友，天主堂就永遠存在。」

郭霞，七十六歲，國境最北聖堂最後一位天主教徒。

將哀痛化為力量——郭霞媽媽

後來的日子，她和天主不停地對話，意圖尋找一個能讓自己釋放的說法。而天主，就像是一個巨大的發電廠，當她來到聖堂祈禱時，彷彿汲取了無限能量；當她虔誠敬拜聖體，密契地與主保有關係後，再回到現世時，她發現自己有更強大的能力去面對一切的痛苦。

郭霞媽媽不說話的時候，眉宇間總帶著一股很深很深的憂傷，好像是來自內心最晦暗幽微處的痛楚，但這份憂傷裡卻充滿了一種韌性，一種不會被環境擊倒的硬頸，這兩種表情在她臉上看似互相衝突卻又如此和諧。我很想了解那憂傷的由來是什麼？那堅毅的背後又是靠什麼力量在支撐？

這些日子以來，我和她之間形成了一種莫名的親近，我曾經問過她：「妳的人生曾否因遭遇磨難而對信仰失去信心？」但她一直沒有正面回答我，直到第四次去拜訪她，她才主動對我揭示那二十多年前的一道悲傷烙印。

郭霞的大兒子，從小品學兼優，得人疼愛，七歲那年，他便在老梅聖堂領洗，成為天主教徒。原本以為這麼優秀的孩子未來的人生必定一路順遂，但生命的考驗總是猛然突擊，讓人失措。就在他二十歲、青春正盛的那年，不知道是什麼原因，性格突然大變。他思慮清楚、頭腦清明，但情緒卻會劇烈起伏，極度的憂鬱、悲觀、厭世感常常無來由地淹沒他的心緒；他憤世嫉俗，覺得人生毫無意義，生命的存在充滿了失落與空虛，然而，他並不知道自己病了。郭霞很焦急，帶他輾轉各家醫院，來去各種專科檢查，但一直查不出病因，直到二年後，一位榮總醫生終於診斷出，他罹患的是「邊緣性精神病」。

「邊緣性精神病」。

那是游走在現世與幻覺之間的戰慄人生，是與自我失去連結的人格分裂。

這病症的可怕之處不是與「死亡」爭戰，而是與「生存」掙扎。

醫生面對這樣的狀況，只能先給予藥物做消極的症狀治療，同時警示郭霞：「這樣的病人會有自我毀滅的傾向。」

「不會的！」郭霞這樣告訴自己，她覺得她所信仰的天主，不會讓這樣的事情發生。於是她每日去聖堂祈禱，為身心靈受到痛苦拉扯的孩子求靠天主的醫治。

日子彷彿走在危險的鋼索上，一步步小心翼翼，維持在一種詭異的平衡與失衡的臨界點。

很多時候，孩子的外在看起來是健康的，和一般人無異，他照著正常的生活步調作息，也一路當兵、重考大學、重返校園，郭霞一度以為，那原本游走在暗黑異軌邊緣的人生路似乎有了光明的迴轉。

好不容易，孩子讀到大四，剛照好了畢業學士照，一場突如其來的意外，卻再次打擊了這家人：郭霞的先生因心肌梗塞，驟然離世！

頓失一家之主，全家人陷入悲傷的深淵。那原本就病著、比一般人更刨根深究生命意義、對人世抱持悲觀的大兒子更是徹底崩潰，頻頻問她：「爸爸去哪裡了？爸爸去哪裡了？我拿到了大學文憑又有什麼用？爸爸已經不在了！」

心神與現世解離的孩子常常這樣茫然地向她索求生命的答案。

喪夫的哀傷還沒有整理，經濟驟然陷入困境，大兒子又面臨了精神全然地潰決，一個悲慟尚未遠離，另一個更大的苦痛接著來襲，面對來自四面八方的愁苦夾擊，郭霞硬是撐著！先生撒手去了，但她還有四個孩子要養！堅強是她唯一的生路，信仰是她僅存的依靠。

但大兒子的情形每下愈況，一度入院治療，有次他暗自將該吃的藥偷偷囤積起來，趁人不注意時一次吞下幾十顆，所幸後來被救回，但醫生警告郭霞：「他還會這樣做！」

曾經，他的病情一度好轉，有一次還和她說：「媽媽，妳還在，我不會自殺的。」但幾天後，他就在海邊撿了一條繩子，綁在家裡的小閣樓欄杆，結束了三十六歲的短暫生命。閣樓欄杆離地面很近很近，只要他反悔，很快就能解開繩子，但他沒有，他選擇離開，用另一種方式隕墜到他所追求的世界。在父親去世九年之後。

郭霞哀慟莫名又覺屈枉，不停追問天主：「神啊，為什麼祢給我一個如此聰明優秀的孩子，卻讓我經歷白髮人送黑髮人的悲哀？為何上帝這麼完美，卻讓這麼殘酷的事發生？為什麼人家的孩子都是好好地結婚、生子，而我的孩子要選擇這樣的方法死去？」

她沒有時間哀傷。大兒子走後第二天，她強忍悲痛打起精神為其它的孩子做早餐，突然她的腦海裡浮現聖經裡耶穌臨終第一言：「父啊，寬恕他們，因為他們不知道他們做的是什麼！」（路加福音二三：32-34／思高本；和合本）是啊，我的孩子有病，他不知道自己在做什麼。她又想到耶穌臨終第二言，和耶穌一起釘在十字架的右盜懺悔地對祂說：「耶穌，當你來為王時，請你紀念我！」耶穌回答：「我實在告訴你，今天你就要與我一同在樂園裏。」（路加福音二三：42-43／思高本；和合本）想到這裡，她突然明白了：右盜是殺人放火搶劫的惡人，連耶穌都原諒了他，讓他都得救了，何況我兒子不是盜，我兒子根本不知道他自己在做什麼！

耶穌臨終的話語，給了她力量與寬慰，她接受了孩子選擇這條路的事實，堅強起來打理他的後事。但她的內心深處並沒有完全釋懷，她心裡有一個更大的疑問：孩子選擇結束自己的生命，完全顛覆了她一直以來的信仰，聖經裡說道：不可殺人，不可傷害自己的身體，台灣民間信仰也認為，這樣的死亡方式永遠無法得救。雖然她一向不在意世俗的眼光與議論，但她心裡仍有罣礙，她不知道：「孩子死後去了哪裡？過得好嗎？」

她明白人死是必然，早晚而已，但她不能接受的，是孩子的死亡，讓她無法為幾十年來的信仰做見證；她不能理解的，是無法知道他死後的靈魂去到了哪裡？安歇在何處？他的生命是不是無法得救？

猝然而至的喪夫之痛，以及愛子與病魔纏鬥十六年仍走上絕途的連串悲劇，將她的內在全然掏空了。足足有八個月的時間，她的一顆心在生死晦暝之網中糾纏，整個人彷彿進入了佛教所謂的涅槃，和天主的關係也陷入了一種前所未有的沉寂與真空。她不和人交談，不和天主交流，她只是怔怔地去望彌撒，茫然地看著耶穌和聖母，沉默無語。最後神父對她說：「妳的問題，只有靠神的力量才能改變！」

她就這樣惶亂混沌地四處尋找孩子死亡的答案卻苦無結果。

直到某天，一位教授對她說：「結束自己的生命並非是一般人所想像的那樣。當一個人無法承受這個世界，選擇走這條路的時候，並不算犯罪。」

一位神父看出她心裡的糾結，也語重心長地說：「妳不要害怕，不要擔憂，天主的權能無限，妳怎能了解祂的計畫呢？」

她向另外一位神父告解，神父卻反問她：「妳現在感覺孩子的狀況好還是不好？」

「我總覺得孩子狀況很好，每次夢到他，他都笑嘻嘻的。」她說。

「妳講對了！」神父說。

還有位修女對她說：「我並不明白妳為何會發生這些事，受到這些痛苦，但妳要相信：天主是無限美好，是美善的。」

郭霞並不懷疑上帝的公義，但她體會不出，什麼是「美善」？也許聖人的最高境界，包括死亡都是美好的，但她終究不是聖人，她的境界達不到那樣。

後來的日子，她和天主不停地對話，意圖尋找一個能讓自己釋放的說法。而天主，就像是一個巨大的發電廠，當她來到聖堂祈禱時，彷彿汲取了無限能量；當她虔誠敬拜聖體，密契地與主保有關係，再回到現世時，她發現自己有更強大的能力去面對一切的痛苦。

直到兒子死後的第三年，那些所有的憂懼、糾結、惶亂與迷惑，終於解開了，她終於明白：死亡才是真正的痊癒；她豁然了悟：面對生命的疾病、災難、終結，都不需要再恐懼。因為，上帝已藉著大自然、藉著聚會、藉著一個人、一件事，或是一句話，給了她所有想要的答案。

郭霞媽媽告訴我，她很想寫下喪子的傷痛歷程，但只要一提筆，淚水就潰堤，她不知道寫下這個故事對其它人有什麼意義？

曾有位修女鼓勵她：「很少人像妳這樣，喪夫與喪子的錐心之痛都經歷過了，妳若寫下妳的故事，可以讓受到這樣創痛的人走出來。」

我也覺得她要寫。

雖然淚水會伴隨回憶與筆墨齊下，但唯有寫出來，才能療癒她自己，療癒所有相同遭遇的人們；也許，大兒子短暫地來到這世界，帶給她很多屬於俗世的痛苦煎熬，但也因這個巨大的痛苦變成了一種巨大的推力，讓她和天主更靠近、更密契，也讓她得以有更強大的信念去守護教堂。

我默默傳了一封信息：「郭霞媽媽，謝謝您和我分享人生的歷程，讓我了解信仰能夠醫治傷痛，很期待您能繼續書寫，也許您下筆時仍有眼淚，但我相信會有更多的力量伴隨，讓有相同遭遇的人可以得到慰藉。」其實，我的內心很忐忑，我不敢設想她看了我的信息會有什麼反應，我害怕碰觸了那個她並不願意和別人分享的禁區、擔心她會因揭開了傷口而刻意遠離我、擔心因鼓勵她書寫而再度撕裂她內心的傷痛。

二小時後，她回覆了：「謝謝妳的鼓勵和祝福，我考慮提筆，很高興認識妳，妳是一個感性、內心很柔軟的女兒，郭霞媽媽很愛妳，祝福妳天天平安喜樂。」

我流著淚，感謝上帝。

二〇〇〇年從老梅搬到淡水後，郭霞被一位菲律賓修女邀請到醫院病房做翻譯，幫忙寫病房日誌，於是，她便開始了志工的生涯。第一次去到醫院看到病人抽痰，她嚇壞了，但為主侍奉的心沒有輕易動搖，她愈做愈覺得有意義，這一做，便做了九年，她看盡生老病死的故事，也親歷無數信仰的見證。

曾有一位美麗的菲律賓女外勞，和雇主產生了感情而懷孕六個月，在此同時卻被診斷出得了腦癌，但她不能開刀、不能吃藥、不能墮胎，日日被劇痛折磨，郭霞每次看到她時，那美麗的臉龐總是因巨大的痛苦而扭曲變形。入院兩個月後的某一天，那女孩竟對郭霞露出了罕見的燦爛笑容，她告訴她，準備返回菲律賓治病。但郭霞心裡有千百個疑問與擔心：她一個人回去要怎麼治療？她要如何生活、面對家人？有人幫助她嗎？

幾天後，當郭霞再次去醫院時，那個菲律賓女孩已經不在了，然而她床頭的牆上卻留下了一張畫。那是關於信仰的一個故事：一個人在沙漠裡走著，他回望人生的每個階段，都有主耶穌相伴，但走著走著，兩條長長的腳印最終竟變成了一條。

原來，在我們無助絕望時，耶穌總是不離不棄，祂會背起我們，帶領我們走過所有的孤絕與險境。這畫的寓意如此深遠，讓郭霞徹底明白：「只要當你和天主完全契合時，就不會有擔憂和恐懼。」對她來說，信仰就像滴水穿石，只有經常和它保持關係，力量才能真正進入心裡。「若擔憂的仍在擔憂，害怕的仍在害怕，凡事照原來的本性去行，就不會和天主契合。」

聖經故事裡的加肋利海風暴也給了她很大的啟示：「人生苦海若無信仰，就會茫然，即使驚濤駭浪、載浮載沉，只要與主同舟，就能笑看風浪，平安度過。」

當然，信仰的可貴不會在太平的日子裡彰顯。

郭霞年輕時也害怕生病、害怕得癌症，但病痛總和她的人生如影隨行。她曾經歷過莫名的癱瘓，住院多日，又因對顯影劑過敏，一度墜入瀕死的邊緣，但做了一系列的核子斷層掃瞄、脊椎照相、抽骨髓的檢查後，卻始終找不到病因，結果這怪異的病情卻在二十多天後突然轉好，平安脫險；她也曾承受過十五年甲狀腺亢進病史的折磨，醫生告訴她這病沒法根治，死不了卻也活不好。最終，她靠著心靈的醫治，打開內心，去追溯生命的源頭，覺知最原始的創傷後，她將自己全然交託給主，那時，她才真正感受到什麼是天主的愛。

有位和她一起做志工的老媽媽，今年八十多歲了，她的大兒子離了婚，工作不順，總是讓人操煩；老二則是個優秀的孩子，事業家庭都圓滿，從來不需要她擔心，但半個月多前，老二突然過世了，郭霞以為老媽媽會傷心欲絕，始終不敢主動慰問，直到某日她鼓起勇氣：「聽說妳兒子過世了是嗎？我都不敢問，不知妳有多傷心呢！」

「傷心什麼呢？他到天國享福了！」老媽媽回答。

「那個兒子不是很好？都不需要妳擔心嗎？」

「好壞是我能選擇的嗎？」老媽媽很豁達。

好壞是我們不能選擇的，何況生死？天主總有祂的計畫。

「死亡是進入天主的領域，回到天家，有什麼好怕呢？」幾十年的信仰讓她體悟，所謂的天堂地獄不是一種空間，而是一種心靈的歸向：你若痛苦沮喪，那就是在地獄，你若懷抱喜樂，那便是天堂。

「若有信仰，在地如天，即使在痛苦的世上也能得著平安喜樂。」她說。

從一九八六年開始，郭霞守護老梅天主堂已近三十年。細細回顧，那聖堂多舛的命運彷彿也默默牽繫著她的一生。生命如果是一場戰爭，那麼她承受的苦役遠比一般人還要多。聖堂風光興建時，大兒子出生；聖堂從繁華走向衰敗，孩子的精神也日益消溶；當聖堂的大門關起，先生與孩子的生命之鑰也永遠鎖上。雖然如此，那命運的折傷與人生的苦痛，都在日日夜夜的祈禱中趨於平靜；思念亡夫與孩子的哀慟之情，也在一次次虔誠祭拜聖體後漸漸被撫平；而保護聖堂所遇到的挫折與試煉之火，也終有燃灼殆盡的一天。

住在老梅四十多年，聖堂是她唯一的精神寄託，是帶她走出人生大悲大苦、走出孩子長達十六年病痛煎熬的力量，如果沒有聖堂，沒有信仰，她可能走不出來，可能會生病、會倒下。

彷彿脫繭而出。

時間與等候，讓郭霞能夠蓄積力量繼續前行。她漸漸明白，以往生命中的破碎只是人生道路的一部分，終究都會過去：「人生路有晴有雨，有美麗的花香，也有磕絆腳步的石頭，不必貪戀生命中美好的風景，最重要的是不要跌倒，或是倒下後再也站起不來，因為人生的腳步不能停，否定和逃避只會將生命的出口堵住，在裡面掙扎沒有意義。」對她而言，受到苦難能夠不跌倒，向前走，活著做見證，還有餘力能幫助別人，這就是生命最大的價值。

「人生的路是流動的，你不能把中間一段切掉，這樣生命無法前行。」她說。

聖奧斯定說，人被創造下來，心裡就保留了一個空位，要給天主住的。也許，郭霞媽媽的心一度被過去的痛苦與哀傷挖空，但現在，我相信那個空缺已被信仰填滿、已被堅定填滿，因為那個牧羊人曾說過：「這人一旦信了主，將比任何人都虔誠！」

每次看到郭霞媽媽那張被歲月刻蝕出的滄桑面容時，我總是充滿感動。因為，我看見的，是一個被愛遺忘的小女孩如何自立自強反轉人生；是一個孤寡女人支撐家庭拉拔四個子女長大的堅韌勇敢；是一個偉大母親將喪子哀痛轉化為信仰力量的錐心過程；更是一個天主教徒守護聖堂幾十年的剛強意志；她很渺小，她的信心與信德卻是如此巨大。

我相信，天主以獨特的方式與郭霞媽媽同行，帶領她度過了人生種種的磨難，派遣給她神聖的使命；而我，有幸在她的故事裡見證了堅而不摧的信念，也見證了信仰的奇蹟。

■**參考資料：**

思親回憶錄／郭霞著
老梅聖家堂／郭霞著
因祂受了傷，我們便得了痊癒／郭霞著
信仰見證　全能救主耶穌，我讚美你！／郭霞著

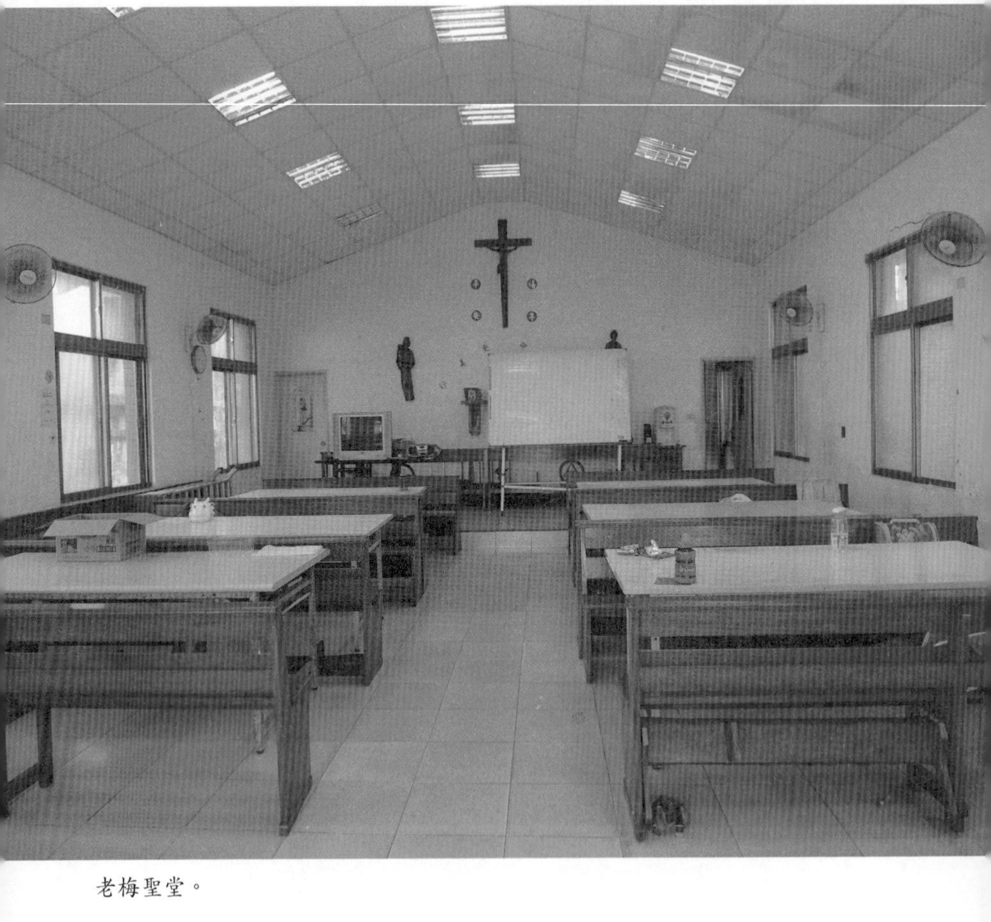

老梅聖堂。

為了保留住教堂，郭霞媽媽堅持把戶口留在石門，成為國境最北聖堂裡最後一位天主教徒。

郭霞媽媽於二〇一二年出版《思親回憶錄》。我第一次拜訪她時，便將這本書送給我。

第七章 劫後餘生

戰火淬鍊——黃金晟神父

當那帶著暖暖溫度的米粥緩緩灌進了乾荒的喉嚨時，這才覺得自己還活著。

身心安頓——兩個故鄉

「四腳亭，就像我們的另一個家，神父，就像我們的爸爸！」

戰火淬鍊——黃金晟神父

一塊小小的麵餅，得分給幾十個人，分到最後，每個人只得到如餅乾碎屑般的大小，一不小心就會散解如沙。等就寢時間一到，大夥便心照不宣地躺在各自的臥鋪上，待那牢室裡的微弱燈光一暗下，他們便同時以仰望代替跪拜、以靜默代替祈禱，在黑暗中小心翼翼地吞下那彌足珍貴的基督聖體。

四腳亭露德聖母朝聖地，一個對我別具意義的地方。

它給了我一把鑰匙，開啟我回溯宗教與生命的旅程，一路從老梅天主堂穿巡至銘德一村，帶我跨越五十年的歷史，行旅在許多人的生命長河。而那位守護著朝聖淨地、待我親切如家人的越南神父，總是操著一口奇特的南國腔調，那腔調裡似乎也隱藏著許多生命的滄桑與酸苦，以致讓我不禁一再重返，想要細細地探究關乎他的人生與信仰之路。

一九四六年十一月二十一日，北越。

一個靠近海岸邊的洞穴，洞外是戰亂，洞裡是苟活的浮生。

黑暗吞噬了所有的空間，伸手不見五指，污濁的空氣令人窒息。一位孕婦突然臨盆，下半身劇烈的疼痛快要撕裂她的神智，所有人面臨這突如其來的狀況，只能束手，陣痛持續未久，一個男嬰便迫不及待地落了地，慌亂中有人幫忙剪斷臍帶，但伴隨著新生命而來的，卻是可怕的長長靜默：這剛出生的嬰兒沒有哭！洞穴裡的人發出了一陣因驚恐而起的沉默躁動，連產婦也以為這個孩子恐怕要死在洞穴裡了！突然，有人摸黑抱起了這奄奄一息的嬰兒衝到洞口。當這嬰兒的鼻息灌入世界第一口新鮮空氣時，「哇」的一聲，這個從死亡手裡搶回的小生命，終於驚天動地哭嚎起來。

這個靠近海邊的村落，大多是篤信天主教的村民，根據以前留下來的傳統，剛出生的男孩聖名都叫伯多祿（彼得）、女孩都叫亞納（聖母瑪利亞的母親）。為了感謝天主，這個嬰兒的父母親便立誓將這個奇蹟存活的孩子奉獻給祂，出生第三天，黃金晟就受了洗，聖名：大聖若瑟。

那是越南戰禍與饑饉交迫的悲苦年代，每個孩子都是被空心菜、地瓜，與難以下嚥的粗硬玉米一路餵養長大，黃金晟也不例外。

由於黃家世代都信奉天主教，這個起誓獻給天主的孩子，在一九五六年十歲的時候，便被父母送到天主堂，開始擔任彌撒輔祭。在此前一年，南北越分裂，越戰爆發，沒有人會知道，這場祖國歷史上最長、最殘酷的戰事，會點燃黃金晟通往聖道之路的考驗灼火。

做了二年輔祭後，在本堂神父的許可下，他進入越南的小修院就讀。那時和他一起讀修院的孩子共有三個，小小年紀單純天真，頑皮的他們總會趁神父不注意的時候，把他換下來的祭衣套在身上，互相打鬧嬉戲，有次終於被神父逮到，換來一頓打。神父雖然處罰了他們，但心裡是歡喜的，他想：這三個孩子注定將蒙天主的聖召。果然，這三個調皮的小鬼後來全都做了神父。

一九六〇年，越共關閉了修院，逮捕了兩百個修士，黃金晟因為年紀還小，沒有被捉，但從此之後的神學課程，便成為極度艱困且祕密進行的儀式，主教到處想方設法找地方讓他們偷偷地繼續讀書，不被發現。

黃金晟的父親曾在法國留學，在法越戰爭時期，被戴上反革命分子的帽子，難逃下放勞改營的命運。父親被當局帶走的那天，黃金晟站在家門口送別，哭得很傷心，父親看著他，慈愛地對他說：「別擔心，我去個二、三天就回來！」但父親沒有回來。一九六四年，身心再也無法承受刑求與苦勞的父親，在勞改營裡嚥下了最後一口氣，母親悲痛欲絕，也在一九六九年跟著離世。

一九七〇年，黃金晟難逃與父親同樣的命運，他被抓進勞改營，同時被逮捕的還有六十位神職人員。當局對他們下了通牒，給他們兩條路走：如果願意棄教結婚，就可以平安回家；若不放棄神職工作，就得下放勞改。只要選擇第一條路，黃金晟就可以全身而退，重獲自由，但自黑暗洞穴中險些窒息而死的那一刻起，他已將自己獻給了天主，他毫不考慮，抵禦了自由的誘惑，選擇終生貞潔與服從。他告訴自己：「這是革命，我不畏懼！」

在雲越邊境靠近昆明的大荒山裡，鎮日揮著重斧砍伐林木、背負砂石、搬運土壤、建造房屋，無止盡的勞動與刑求幾乎毀敗了他的肉體。冷冽高山裡終日苦役不斷，日日與酷寒奮戰，有時穿上四條褲子也不足以禦寒，但這不算什麼，與刑求相比，後者更能考驗囚人意志底層的堅定。有一日，公安的長槍槍托狠狠地招呼在他臉上，他的右上鼻樑當場被打斷，流血不止，但公安不准他就醫，痛苦昏迷了兩個晝夜，等他轉醒時，才發現血已乾涸，鼻樑已歪斜，右眼的視力變得模糊朦朧，右耳也彷彿橫生出一層薄膜，從此與外界的聲音漸漸斷離。

勞改營裡有很多被下放的高級知識分子，其中有一位對園藝十分有研究的專家，教了黃金晟很多相關的知識，於是，他就在那個生命沒有出口的地方，學習播種新生命，在那個絕望死寂的地方，為剛萌芽的種子灌注活水。那時他還無從知曉，這些在牢裡紮下的園藝根基，在日後流徙他鄉甚至是福傳的道路上，為他結下什麼樣的果子。

白天的勞動，耗盡了肉體的最後一絲力氣，到了晚上，堅定的信仰就是陪伴這些神職人員坐穿牢底的唯一寄託。

在勞改營裡要怎麼做彌撒？

這裡二十四小時都有人監控，所有人的一舉一動都在舉著長槍環伺每一吋空間的公安掌握之中，終於，有人想出了一個辦法：他們冒著極大的風險，請家屬將麵餅塞進直徑三公分不到的小小油膏圓盒裡，趁著六個月一次的會面時夾帶進來。一塊小小的麵餅，得分給幾十個人，分到最後，每個人只得到如餅乾碎屑般的大小，一不小心就會散解如沙。等就寢時間一到，大夥便心照不宣地躺在各自的臥鋪上，待那牢室裡的微弱燈光一暗下，他們便同時以仰望代替跪拜、以靜默代替祈禱，在暗夜中小心翼翼地吞下那彌足珍貴的基督聖體。當脆細如渣的白色麵餅還來不及咀嚼便旋即融化在嘴裡的那一刻，黃金晟感覺內心剎時被聖靈充滿，他激動地無聲吶喊：「主啊！是祢，是祢來到我的心裡了！」

這勞改營裡唯一的一次彌撒，蓄積了他繼續福傳的更大能量，讓他在往後的困厄環境裡，能堅定自己緊靠天主的心，及誓守終生服事天主的勇氣。

父親在勞改營被折磨至死，黃金晟也在勞改營裡進進出出，或是下放荒地，或是被軟禁在家中，這種身心靈被禁錮的痛苦日子，長達十年。

也因為父親的關係，他的出身被打入了黑名單。當一九七六年，他終於讀完神學院，即將晉鐸為神父時，威權的手硬生生折斷了他的福傳之路。那時神職者的任命必須經過當局同意，主教提了一份名單，表示現在有十七個人有資格可以晉鐸為神父，當局看了看名單大筆一揮：「這九個人可以當神父，另外八個不行！」原來這八個人的家庭裡都有反革命分子，黃金晟就是其中之一。

一九八〇年，十年勞改苦涯告終。比起進來的時候，他有了很大的「改變」，包括弱視的右眼、近聾的右耳和歪斜的鼻子。神職工作不再容許他待在國內，他只能選擇流亡，到別的地方續繼他的福傳道路。同時之間，有數以百萬計的越南人民，做了和黃金晟相同的抉擇，他們冒著葬身海底的危險，用血淚與生命交織出這歷史上最悲慘的逃亡潮。

黃金晟躲在海邊等待偷渡出境。他曾有二次逃亡的機會，卻都因船老大和當局勾結，拿了錢不出海而化為泡影。這些錢，是他甘代母職、一生未嫁的姐姐辛苦攢下來的，那是孤注一擲的活命賭注，是要讓親愛的弟弟尋找新人生的最後籌碼。如果第三次再不成功，他一定會被逮，於是他暗自發誓：「不管如何，我一定要偷渡！」

第三次，機會終於來了，黃金晟和二十三個同鄉，搭上了一條小船，這當中有大人也有小孩，他們一起躲在空氣污濁的艙底，互相吸吐著濃臭卻懷抱希望的氣息，駛向茫茫大海。前三天的行程都很順利，到了第四天下午約莫五點時，船老大突然打開艙門和他們說：「到公海了，我們自由了！」全船的人振臂歡呼，準備迎接新生。突然，一隻小鳥飛來停在船桅上，海裡的魚群也紛紛奮起跳躍，彷彿在一同歡慶他們即將得到的自由，大家掩不住狂喜互相擁抱，卻渾然不知死神正向他們靠近。

很快地，天色倏忽變黑，頓時烏雲密布，海水也從深藍色變成了可怕的黑色，大雨突然狂暴來襲，海浪呼嘯翻騰，發瘋似地捲起了船桅，這時全船人才驚覺：他們遇上了颱風！原來，動物們預知徵兆，改變了行為，那飛翔的鳥兒與跳耀的魚群比人類早一步知覺到大自然的撲擊。這時其它二十三人開始咒罵黃金晟：「我們以為跟隨你會得到自由，誰知我們現在卻要死了！」

眾人因船身的劇烈搖晃與面臨死神的恐懼而開始狂吐哭泣，眼裡流出的是害怕遭大海吞噬的淚水，嘴裡吐出的是黃綠色的可怕汁液。黃金晟沒有時間哭，他揪著船老大冒著風雨一路跌撞登上甲板，想看看他們面臨的情勢到底有多險惡。

船老大哭喪著臉對他說：「我們都會死，請你快和大家說，若船壞了一人撿一塊木頭抱著求生吧！」

「不能和大家這樣說，我們一起念玫瑰經，唱聖歌吧！」那個危急凶險孤絕無援的當下，依靠天主是僅存的希望。

於是他又冒著風雨急忙下了甲板，帶領眾人同聲念誦玫瑰經，但哭聲、誦經聲夾雜著暴雨狂浪猛烈撞擊船隻的聲音，沒有停歇，黃金晟這下也全然失去信心：「聖母啊，祢為何不聽我的禱告呢！」

風暴快將小船狠狠撕裂，雪上加霜的是，船上的指南針根本是壞的，完全分不清東南西北。忽然，他看見遠方似乎有一點亮光，於是和船老大說：「朝那光亮去吧！」此時已是凌晨三點，他們和風暴巨浪搏鬥已近十小時。突然一陣巨響，整條船瞬間崩壞解體，二十四個人抱著先前準備救命的木頭一同落海，奇怪的是，他們並沒有被巨浪吞噬，而是被海水向前推進，直到躺在沙灘上奄奄一息。

原來，他們已安然抵達中國海南島。

這裡的海水底部布滿了大大小小的礁石，幾近解體的小船因為碰觸到這些小礁石而剎時爆裂，以為是死亡的瞬間，卻撞擊出了生機，二十四個人，全部活了下來。

終結了九死一生的搏鬥，這些倖存者筋疲力盡地躺在沙灘上殘喘著氣息，約莫半小時後，有一群人手裡拿著食物走向了他們，當那帶著暖暖溫度的米粥緩緩灌進了乾荒的喉嚨時，黃金晟這才覺得自己還「活著」。

那是快要到中國農曆年的前夕，當局對待他們很是禮遇，每天都有米飯和豬肉吃，這樣的流亡歲月，一待便是半年。

有一天，這獲救的二十四人當中的一位佛教徒突然和他說：「你知道嗎？我們偷渡遇到颱風的那夜，我看到觀音菩薩一手抱著小孩，一手拉著船。是觀音救了我們。」

黃金晟恍然大悟，激動地說：「不，那是聖母，她手裡抱的小孩是耶穌啊！」

「那為何聖母沒有顯現給你看？」佛教徒反問他。

黃金晟心裡很納悶，對啊，聖母祢為何不顯現給我看，而是顯現給那位佛教徒呢？

聖母沒有回答。

他當下在心裡立誓：若我今後還能蒙聖召，我一定會繼續從事神職，且我要做一個聖母抱著耶穌的聖像來彰顯妳的榮光。

後來，那位看見神蹟的佛教徒，改信了天主。

離開海南島後，黃金晟又流亡到了香港，一九八一年，他以政治難民的身分申請政治庇護，前往美國。他一邊工作一邊念神學院，當同行的同胞只能在麥當勞打工賺取微薄薪水時，他卻靠著在勞改營那位專家教他的本事，找到了酬勞較高的園藝工作。別人打工一小時只有三塊多美元，但他一天只要到兩戶人家家裡除草做園藝，就有一百美元的收入，美國人院子多，讓他的工作接不完。當初在苦牢裡的無心插柳，竟在往後的人生起了關鍵的作用。

「很多事情一開始看起來不好，但結果卻是好的。」

後來，黃金晟常常對別人這樣說。

在美國期間，一到冬天，他那被打壞的鼻子便開始流出發臭的膿汁，到醫院照了X光，才發現裡面還殘留著刑求後的黑色血塊。醫生馬上開刀，同時整治他歪掉的鼻子，整整痛了三個月，才完全恢復。但他的右眼和右耳的神經已經壞死，開刀也無法根治，如今，右耳要戴助聽器才能聽得到，右眼的視力則日漸模糊，無法挽回了。

身體自由了，但在勞改營裡經歷的痛苦刑求與慘絕的折磨，早在不知不覺中化為惡靈，冷不防地在暗夜伸出利爪來攫住他，常常睡著睡著，便看見勞改營的公安凶狠地舉著長槍對著他，他總是不自覺地在空中揮舞著雙手，欲趕走那可怕的景象，直到被自己的恐怖叫聲驚醒，他才發覺那只是一場夢魘。這種終日惶惶不安噩夢驚懼纏身的日子，整整折磨了他三年。

一九八八年，教宗若望保祿二世冊封了一百一十七位越南殉道者，黃金晟以北越代表身分去到梵蒂岡晉見教宗，那是無法形容的感動與渴慕，他激動地跪在教宗面前，領受了他的覆手降福。來自波蘭的教宗，知道他在勞改營裡受過苦，還特別送給他一串念珠，直至今日，他都將這聖物視為珍寶，無論走到哪裡，必定切身相隨。

三年後，台灣的狄剛總主教到美國尋找神職人員來台福傳，他找到了黃金晟，但黃金晟很是猶豫：「我不懂中文啊，不懂中文怎麼到台灣傳教？」

「我相信你，只要讀一年半的中文，一定可以做主耶穌的見證。」狄剛總主教對他這麼說。

就這樣，黃金晟決定來到台灣。當時一同逃難到美國的同胞都笑他：「你瘋了嗎？大家都期待留在美國生活，你竟要離開這裡去台灣？」他們都不明白，他想來台灣還有一個原因：他害怕此生再難重返故鄉，而台灣，至少離越南很近很近，彷彿望著台灣的天空，就能想像家鄉的雲彩。

奉行天主的旨意，黃金晟終究踏上了台灣的土地，努力學中文。一九九三年，越南樞機主教寫了一封信給狄剛總主教，並附上了黃金晟原本應在一九七六年晉鐸為神父的證明，於是，這位來自北越的傳道人，終於在台灣晉鐸為神父，而這份神聖的榮耀，因為勞改與流亡，整整遲到了十七年。

一九九七年，神父回到了魂牽夢繫的故鄉越南。那是穿越生死與絕望的久別重逢，他祭拜了父母親的墳塋，探望了原以為此生再也無法相見的同胞手足，二週的返鄉之旅，悲喜交織。四年後，他拿出了一筆積蓄，同時發動海外親朋好友募款，籌了一百萬美金，為家鄉蓋了一座漂亮的聖堂。那是流離在外十幾年、望斷歸鄉路的遊子所能為家鄉做的一點點貢獻。

二〇一五年二月，黃金晟再度和台灣十六位傳道人前往梵蒂岡，接受派遣為「慈悲傳教士」，協助教宗方濟各在慈悲禧年用寬恕與接納去醫治那些悔罪的人。教宗說，做為一個「慈悲傳教士」，首先要成為天主臨在的見證人，我想，黃金晟神父早已見證了天主的臨在。

從前，只要回想到父親的死，以及自己在勞改營的遭遇，他就充滿了怨恨，在美國生活時，有一位神父常常勸他：「放下吧！放下吧！」

做為一個以愛為信念的福傳使者，他何嘗不知道要放下？

他也曾埋怨天主：「我們全家都是很好的教友，為天主服務，為何主要讓我的人生受到那麼多痛苦的折磨？為何主要給我這個沉重的十字架？我承受不起啊！」

直到台灣政府開放外勞，小小的四腳亭除了本地教友外，還來了很多越南勞工，當有愈來愈多不是教友的越南同胞來找他傾吐心事、訴說思鄉情時，黃金晟才明白，他的人生道路雖充滿了險難，但天主一路都在保守他。他幾度與死亡擦身而過，都靠著堅定的信仰奇蹟地活了下來，他感謝主讓他經歷那些過程、計畫了他的道路，如今才得以在異鄉的土地上，能以血濃於水的情懷，撫慰同胞遊子，讓他們漂泊孤寂的身心，能得著靠岸歇息的所在。

上帝要預備一個人，究竟要花多少時間？

這個出生後第三天就獻給天主的人，卻在將近五十歲的時候才當上了神父。天主早早就呼召了他，但卻給了他比一般人更多的磨難與試煉。出生時險些夭折、在戰亂下努力修道；他拒絕棄教的誘惑、挺過肉體的凌虐及船難的浩劫，這條聖召之路從一開始便布滿了荊棘，他走得無比艱辛，但最終，他選擇接受自身所有的痛苦，背起自己的十字架，一生跟隨主耶穌。

神父來到台灣二十多年了，放在祭台上的經本裡，還能看見他當初用注音符號一筆一劃努力寫下的發音標記。視力漸損的右眼，也許模糊了勞改營的悲慘往事，聽力漸衰的右耳，或許塵封了所有傷痛的回憶，過去的苦難在他心裡築起的那道怨恨之牆，早已不存在了，在那雋刻著一道道生命痕跡的臉上，我看到他服侍天主的堅定喜樂，一如十歲時把祭衣披在身上的單純初心。

身心安頓——兩個故鄉

七十年前，母親在洞穴裡冒險生下他，為了感念母難，往後的每年生日，他都要一個人靜靜躺下來，以在母體子宮內的胎兒之姿，通過一個儀式，回到未脫離母胎與斷臍之時，重溫與母親一同呼吸、一同心跳的原始靜謐。

多年前的越南，只有外國神父入境傳教，而黃金晟卻是台北總教區第一個從北越來的神父。狄剛總主教曾對他說：「你獲得了特別的聖召！」因為若不是逃難，他不會來到台灣福傳。

而特別的是，從第二次和神父見面，我們便有著心領神會的默契，他似乎知道我的心思意念，不需要刻意提問，所有的話語與故事便自然從他的心田裡被懇掘出來，一字一句，慢慢落到我正在書寫的字裡行間。

那是距離我為婆婆追思之後的兩個月。

不同於第一次的靜謐，那日的天主堂有了人語，一首女聲吟唱的越南歌曲迎我進門，雖然無法了解歌詞的意境，卻無損它旋律的動人優美。循著歌聲前進至小堂室，沒見到神父，走出屋外探看，才看到他遠遠地從後面的花圃裡走出來，全白的神職裝束襯著他黝黑的臉龐在陽光下熠熠閃亮，他精神抖擻地快步走向我，不像神父，倒像是一位辛勤的勞動者。

神父的耳朵不好，總是歪著頭豎起右耳非常專注地聽我說話。他講國語時有一種形容不出來的腔調，捲舌音特別濃重黏膩，話語與話語之間常有急促的停頓，那口我聽不習慣的越南國語，一開口就很直接、不猶豫、不隱藏，常常我還沒說完，他就急著表達，兩個急性子撞在一起，往往是搶話講，最後，我投降！

一個人兼管四腳亭和暖暖的聖女小德蘭天主堂，兩堂的距離不算近，上次來他還能自己開車往返，這次他卻告訴我，因高血壓、視力退化，體力大不如前，現在只能搭公車來回兩地。

神父不但性子急，說話急，腳步更急，他曾暈倒在聖堂好幾次，偏偏四腳亭朝聖地到處都是階梯，我見他步履疾行忙進忙出，總擔心他不小心踩空摔倒，聖堂裡只有他一個人，萬一出了意外怎麼辦？

但我想我是多慮了！

他每日上上下下來去堂室做彌撒、往返洞中庭朝拜聖母、穿梭花圃間辛勤澆灌修剪植栽，踏多少步要轉彎、踩多少階要直行、一級一級的距離有多高？恐怕他連數都不用數，看都不用看。

「露德聖母朝聖地是母親的家，母親的家是最平靜安詳溫馨的地方，我怎麼會不熟悉呢？」神父笑著要我不必擔心。

偌大的朝聖地，平日每天早上有一台彌撒，但底下教友只有二、三人，有時一個人也沒有，神父常對著空盪盪的教堂，自顧自地用他那口越南國語舉行彌撒。每週四下午，他會專程到碇內安養院送聖體，那裡有九位教友癱瘓在床多年，無法自由行動，更遑論來教堂，「他們不能來，那麼我就去吧！」

這麼多年來，神父每週重覆著同樣的福傳工作。所幸到了週六、日，人就多了，在附近工作的越南外勞會來這裡聚會。主日彌撒後，神父總會留他們一同下廚做家鄉菜，一邊吃著談著，一邊吟唱著來自家鄉的歌，往往唱著唱著，鄉愁就淡了，思念也不再那麼折磨人了！

「四腳亭這邊現在有幾位教友？」我問

「三十五個！」

上次來不是說有四十個？我心裡納悶著。

「那瑞芳呢？」我再問。

「二十五個！」

「以前繁盛時期有一百多人，現在生活太好，無災無難，大家就都不想來了。」神父皺著眉頭說。

「在台灣傳教，好難。」他很感慨。

自從重新接觸天主教，每至一處教堂認識一位新神父或新教友，聽到耳裡的，總是為天主教在台灣福傳的窒礙難行感到憂心。看到這些神父們的愁容，不知怎麼地，我竟也憂思起天主教在台灣的未來發展了。

九月二十四日，神父要為越勞辦一個中秋晚會，同時要歡送在台工作期滿即將回國的外勞姐妹，他特地邀請我參加，還熱心地帶著我去認識她們。

阿桃，四十一歲，忍著和二個兒子分離的苦，來台灣打工。她有一頭俏麗的亮褐色短髮，襯著一雙水汪汪的杏眼，十分美麗。談起在三峽安養院的辛苦工作，那淺淺的酒窩雖漾著笑意，裡面卻藏著深深的無奈。她說，平日晚上，兩個人要照顧四十八位病人，每兩小時還要幫忙翻身，每天得工作十二小時，才有兩小時的休息時間，一個月也只能放四天假。她不是教友，但只要工作太累、想家、想兒子了，就會來回花上四個小時的車程，跑到四腳亭找神父說說話、談談天。有時她和姐妹們想家想到哭，神父也會安慰她們，或是買東西請她們吃。

阿紅也不是教友，但她和阿桃不同，她想哭時都是自己躲起來偷偷哭，從不在神父面前掉淚。

「為什麼？」我問。

「每次來看神父只有短短兩小時，談天時間都不夠了，哪有時間哭啊！」她不好意思地笑著說。

而神父每次看到她們哭哭啼啼，總會好言安慰：「別哭了，看在來台灣工作錢多的分上，好好加油吧！別哭了！」

神父用幽默的言語化解她們的鄉愁，但這招非常管用，因為在越南，普通的工作一個月薪水大抵只有一百美金，約三千多元台幣，但在台灣，一個月扣掉給仲介的費用，還有二萬元。

「聽神父這樣講，好像也沒啥好哭的了。」阿紅說。

工作期滿即將回越南的阿榮，和男友一起赴會。她是這群越勞裡面少數的教友，每週六都會來參加彌撒，也是這次歡送會的主角。個子嬌小長相清秀的她，談起離開看得出有滿滿的不捨，她說，這三年來，不管高不高興、累不累，只要有空就會來找神父談心，談過之後就感覺好快樂，這次返鄉雖有不捨，但她不難過，因為還會再回來。雖然嘴裡這樣講，但我看到她的眼眶漸漸泛紅。

阿離認識神父最久，轉眼已經十年，她嫁給了台灣郎，如今是肉舖店老闆娘，國語越語轉換得十分純熟。這天，她帶著自家的肉品來給大家加菜，她說平常大家都忙，只有到節日、聚會時才能來看看神父。

「四腳亭，就像我們的另一個家，神父，就像我們的爸爸！」她說。

餐會開始之前，阿離望著壁櫃上一張用越南文寫的紙條發笑，我問阿離紙條上寫什麼，她翻譯給我給聽：「對不起，神父，你不在，我自己開門進來，煮了東西吃，吃完我就走了哦！」

我被這張小紙條給逗弄出輕笑，但心裡卻充滿感動！寫下這張紙條的人，心思是如此單純、直接又可愛，我突然覺得所有的探問都是多餘，因為這些越勞與神父之間最真實誠摯的互動，全都寫在這張紙條裡了！

餐會的氣氛很熱絡，大家談天說笑，神父的興致也極好，他輪流和每一位外勞親切地談話，像家人般地自在。雖然我聽不懂他們說些什麼，感覺有點尷尬，但歡樂的氣氛讓我忘了自己是個外人。看大家笑得前仰後翻，我偷偷問阿離：「神父是不是很愛說笑話？」「對啊，他和阿榮的男友說：不要結婚，像我做神父多好，結婚會吵架哦！」

私底下的神父的確很風趣又愛開玩笑，有次他向一位教友介紹我：「她三歲就受洗了，可是中間都沒有來教堂哦！」

教友看著我笑說：「神父在告狀了！」

我很不好意思，轉頭對神父說：「有啦，有啦，我現在每星期六都有去教堂！」

我曾問這些姐妹們，神父做了哪些事情讓她們感動？她們都答不太出來。但我現在知道答案了。神父把每個人都當成他的親人，不管是不是教友、認識有多久。他們之間不只是神父與信徒的關係，還有如同家人般的真摯關懷。

「神父除了我們越南同鄉偶爾來看他，平常很少教友會來，他從早到晚一個人守著天主堂，若不是我們來和他談談天，幫忙他照顧花花草草，他真的很孤單寂寞。」講著講著，阿離眼裡閃過一絲淚光。

孤單嗎？神父自己並不覺得。

「我不孤單啊，前後有聖母媽媽與耶穌在陪著我，怎麼會孤單呢？我不是一個人，而是三個人！」神父說得理直氣壯。

一個人開門、一個人關門、一個人打掃、一個人做彌撒……這些為主獻身的修道者，終其一生終究是要學習與孤獨相處，與看似無形卻堅定不移的信德相依。

在近來接觸過的神父裡，他是最不像神父的神父了！我總覺得，他是個浪漫而感性的生活實踐家，教堂裡的每一間房間、每一個角落，都是他花費心思慢慢布置的聖潔美境。在小堂室裡，擺放著不少越南教友送給他的精緻木雕、手工藝品，小小的空間洋溢著十足的南國風情；另一間辦公室裡，所有神職生涯裡值得紀念的片刻，都被他用護貝珍藏，並按著時間序一一剪貼表框。他總是熱情地邀我欣賞，一一為我解釋照片的緣由：在越南修院時期的年輕身影、第一次到梵蒂岡晉見教宗的激動神情、到法國露德朝聖地的敬拜之旅、為越南家鄉籌建的美麗聖堂、母親逝世前最後一次的全家合影。還有他奇蹟般逃過海難，為彰顯聖母與基督榮光所特別打造的雕像……那些不同時空裡的經歷，紀錄了他多災多難的一生，也凝結了永不磨滅的剎那感動。

只要來過朝聖地的教友，都會發現它的與眾不同。這裡擺滿各式各樣的植栽，洞中庭右後方還有一大片造景正在翻土整建，滿園的一草一木一花一樹全都是神父經年累月，用他那巧妙的綠手指細心培育出來的。

我曾經這樣想像：當他撒籽播種的時候，還會不會憶起勞改營裡無止盡的苦力？會不會想到精神與肉體被凌虐的創痛？然而，我現在看到的，是一個七十歲的神父，一個人守著兩個聖堂，每天興致勃勃地為教友安排著各種活動，神采奕奕地過著充實的福傳生活。過去的苦難經歷讓他懂著珍惜當下，他用樂觀與熱情去對待每一個明天，正如他自己在盆栽上面貼的一塊牌子「黃神父花苑」。這塊牌子像是宣告世人，他是一個辛勤勞動的園丁，終日勤奮灌溉著朝聖地裡的每一盆植栽，也灌溉著所有教友心中信仰的活水。

初來四腳亭時，神父曾憂心忡忡地對我說，教友愈來愈少了。但奇妙的是，數月後再來，神父卻特地翻開朝聖紀錄本給我看，原來，那本子寫滿了全台各地的教友或是團體來朝聖的日期，幾乎每天都有，絡繹不絕。我望著神父盪著笑意的黑黝黝臉孔，發現他的眉頭不似初識時那麼皺了。

十一月二十一日，是神父的七十歲生日，他很早就和我說，要在二十日和二十一日舉辦二場生日會，第一場會宴請所有的越南外勞和越南神父，第二場則會請鐸區的神父一起參與。我起初不明白，為何一個神職人員要大張旗鼓地辦生日？但他告訴我，來到台灣二十五年了，受到天主、聖母瑪利亞和許多教友的眷顧，今年是他回任四腳亭任期的第二年，等明年三年任期一到，他也不知道還會不會留下來。因此他想要藉著生日，謝謝天主、謝謝聖母、謝謝所有認識或不認識為教堂奉獻過的人。

這個邀約讓我兩難。我或許可以單獨面對一位神父，卻無法面對一群神父，畢竟他們在我心中是那樣的聖潔與出世，如何與他們相處，對我是一種挑戰。我的舊習性又讓我的勇氣瑟縮回去。於是我決定先寄一份禮物給他，並附上卡片，寫著：「Father，這個週末我不能來探望你，先和你說聲生日快樂！」

我喜歡叫他Father，這讓我和他感覺很親近，像家人。

我以為禮物寄出後，就沒有去的必要了。沒想到二十日一大早神父就打電話來，問我晚上去不去。我騙他說要上班不能來。好在他看不到我心虛的樣子。

「那妳明天來。」他說。

「妳明天若不來，以後就不要來了！」神父說完這話後在電話那頭哈哈大笑。

我知道神父是在和我開玩笑。

「禮物收到了嗎？」我問他。

「收到了，但要等明天才能打開來看。」神父說。

去？不去？其實是很單純的事，卻被我自己複雜的心思給搞亂了。但既然已踏出改變的步伐，我就不能再退回原來的世界。

這一日，聖堂出現少見的喧鬧，從三重、蘆洲、基隆來了很多朝聖的教友，也同時祝賀神父七十歲中壽（越南人稱七十歲生日為中壽），參與彌撒祭禮的還有許多鐸區神父，我一去便故意忙著照相，好減少和別人交談的機會，以避開那我不擅長的場面。

彌撒結束後，很多教友圍著神父聊天，他們都是神父在台灣福傳二十多年結識的本地教友，像是老朋友般，互相親切問候話家常。午餐時也是如此，神父忙進忙出，好不容易扒了一口飯菜，又忙著送別客人和教友。

找到一個空檔我問他：「你不先拆拆看我送你的禮物嗎？」

「不能拆，要晚上六點以後才能拆。」

「為什麼？」

「我現在還在媽媽肚子裡呢，要晚上六點以後，我出生了才能拆。」

七十歲老神父的天真表情逗笑了我，我不了解越南人的生日習俗是如何，但那種對母難日的感恩，讓人動容。

「那晚上還有彌撒嗎？」我問。

「六點鐘，有一個儀式，我一個人就好。」

「要不要留下來幫你拍照？」我知道神父愛照相，每次去到他的辦公室都要重新瀏覽一遍照片牆，因為不時會有新照片出現。

「不用不用，我要一個人待在一個地方想念我的媽媽，我會哭哭。」神父舉起雙手放在兩眼旁轉了轉。

「媽媽在洞穴裡生下我以後，有告訴我臍帶在哪裡，但後來找不到了。」神父突然冒出這句話，神情失落地兩手一攤聳了聳肩。

我會哭哭？

我會哭哭！

我突然懂了：七十年前，母親在黑暗洞穴裡冒險生下他，為了感念母難，每年生日，他都要通過一個儀式，一個人靜靜躺下來，以在母體子宮內的胎兒之姿，回到尚未脫離母胎與斷臍之時，重溫與母親一同呼吸、一同心跳的原始靜謐。只有回歸那最安詳純淨不受世俗干擾的時刻，才能讓他的身心靈完全返去故鄉越南，返去那個他呱呱墜地的黑暗洞穴，思念已逝的母親。即使剪下的臍帶已丟失不見，他仍想回到生命混沌之初的清明時刻，重新感受那生生世世都無法切斷的偉大母愛。

我曾經問過阿離：「神父退休會回越南嗎？」

「這裡的一切都是他一手建造出來的，退休回越南，他會不捨吧！」阿離說。

此刻，我鼓起勇氣問神父：「想回家嗎？」

「當然想，大哥幾個月前去世了，我卻不能送他最後一程。但沒辦法，神職人員就是要服從，我沒辦法離開。」

「離家三十五年了！家鄉有姐姐、妹妹，還有我蓋的聖堂，我是很想要回去的！」愛笑的神父這次不笑了。

一個帶著聖召的老遊子，一定常常在誓言服從的嚴謹教規與盼望歸鄉的親情羈絆中來回拉扯。那種心情煎熬，我們凡夫俗子恐怕永遠也無法體會！

我望著眼前這位來自北越的神父，他已經七十歲了，歷經流亡歲月，來到異鄉福傳，為台灣人奉獻了四分之一個世紀，如今他患有高血壓，眼力不好，耳朵也聽不太見，還常常暈倒，我真的衷心期盼，有一日他能回歸故里、落葉歸根。

雖然越南曾有他不堪的痛苦回憶，但那裡畢竟是他的家鄉，有父母的墳塋、有為了他犧牲一生青春的姐姐，還有同胞妹妹，而祖國就像另一個母親，和他牽繫著無法切斷的臍帶，即使這臍帶不見了，也不需要任何證明，那種個人與國族的命運連結，就像他與母親的生命連結一樣，永遠存在，不會消失。

我漫步在庭院，重溫那初來時的靜謐感動，神父的小屋裡傳來一首又一首的越南歌曲，那南國女子獨有的柔美婉約聲線，迴盪在天主堂的每個角落，一片片音符飄墜在午後陽光裡，竟帶著點法式香頌的慵懶情調，但我知道，那裡面，其實藏著一位浪漫神父的濃濃鄉愁！

註：在祭台上暈倒三次之後，黃金晟神父於二〇一六年八月退休，告別了他心愛的四腳亭露德聖母朝聖地，並短暫返回越南兩個月。目前神父在新店中華聖母堂若瑟樓靜居。

七十歲的黃金晟神父，精神矍鑠，充滿熱情。

二〇一五年二月，黃金晟神父和台灣十六位傳道人前往梵蒂岡，接受派遣為「慈悲傳教士」，這是他繼一九八八年晉見教宗若望保祿二世之後，第二度晉見現任教宗方濟各。此為「慈悲傳教士」證書。

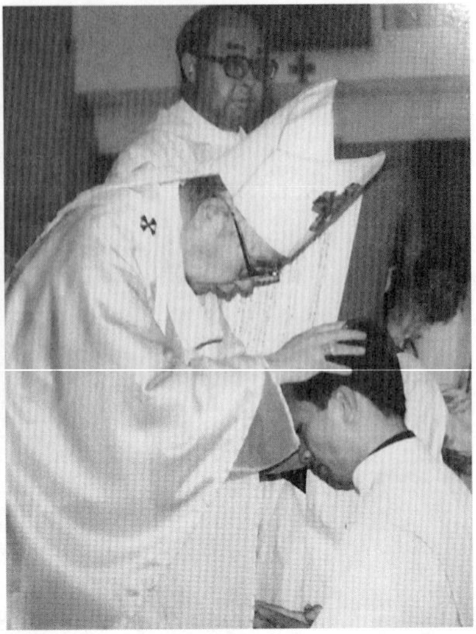

一九九三年九月二十八日，四十七歲的黃金晟在台北總主教座堂，獲狄剛總主教祝聖晉鐸為神父。這一天，他等了十七年。

離開越南三十五年，原本枝葉繁茂的家族已然凋零，如今家鄉只剩下一生未嫁的姐姐、妹妹，還有他傾注心力為同胞建造的一座聖堂。

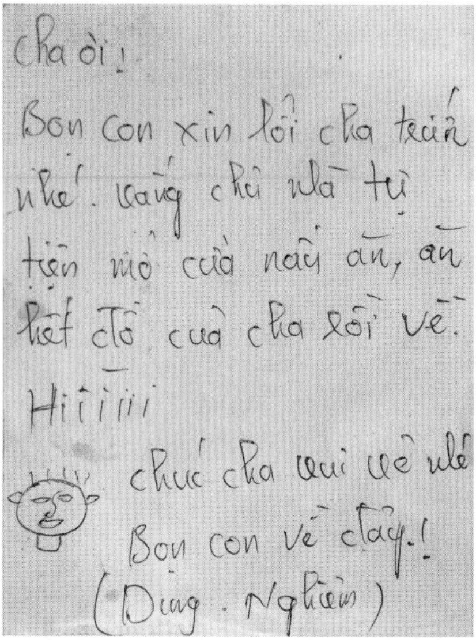

「對不起，神父，你不在，我自己開門進來，煮了東西吃，吃完我就走了哦！」

逃過海難的浩劫，黃金晟遵守誓言，打造了一座聖母抱著耶穌的聖像。

外勞朋友們吃著越南家鄉菜、聽著神父講笑話。

黃金晟神父用他的綠手指，打造出這一片美麗的花苑。

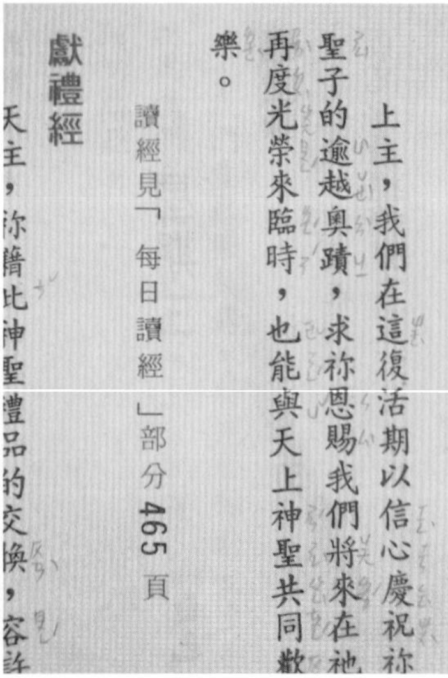
上主，我們在這復活期以信心慶祝祢
聖子的逾越奧蹟，求祢恩賜我們將來在祂
再度光榮來臨時，也能與天上神聖共同歡
樂。

讀經見「每日讀經」部分465頁

獻禮經

天主，祢藉此神聖禮品的交換，容許

來自異國的黃金晟，在經本標記著注音符號的發音，用他不熟悉的國語，辛苦宣講著教理。

有愈來愈多全台各地的教友或是團體，來到四腳亭朝聖，神父忙著為他們安排各種活動與福傳。

第八章

你們不要的都給我

特教的園丁——江明珊

「如果這個團體是接納他，沒有人嘲笑他，那麼孩子的改變與進步就是最快的。」

獨一無二的天使們——星星的孩子

「我懂了，因為妳知道我有能力照顧，所以妳給了我這樣的孩子。」

特教的園丁——江明珊

某天晨禱過後，當全班同學再次呼叫他的名字時，那孩子終於把臉轉過來，朝著大家燦笑！「老師，老師，他有看到我們、聽到我們，他在笑了！」全班驚喜的情緒炸開來，每個人都興奮地大聲歡呼。

「因為天主有聽到我們的禱告！」其中一個孩子這樣說。

午後的礁溪五峰旗聖母朝聖地，蒙上了一層輕柔的薄霧，我透過那淺得近乎透明的霧氣，看著江明珊認真仔細地用她自己帶來的工具，清除聖母亭裡小燭台滴結的蠟淚，以及盤底因氧化而發黑的油膜。這是她每週自動自發的例行公事，總共有數十個燭台吧，要全部清完得花不少時間。我一面幫忙一面納悶，她每週從三重到礁溪朝聖，來回路程已經夠遠，還要花時間清潔燭台，也太辛苦了！

「我每個禮拜都會為妳點上一支蠟燭，求聖母媽媽保佑妳！」她一邊清理手上的燭台一邊轉頭對我說。

我好驚訝！

我只知道，她在我們相識之後的那一次朝聖時有幫我點蠟燭祈禱，但我不知道後來的每一個禮拜，她都為我這樣做。

我從來不是個善於言詞與交際的人，一直以來總穿著冷漠與孤傲的外衣與人互動，能夠相濡以沫的知己少之又少。也許是我從來沒有拿出百分之百的真心示人，所以總覺得自己也不值得被這樣對待。如今，有這麼一個人，她和我相識不深，卻每週為我點蠟燭，祈求天主保守我。或許是因為在這次尋根之旅中受到的感動太多，讓我不自覺地將自己的內在全然剖開、以真誠和摯情去對待每一個新識的人，也讓她看到了最真實的我！

「真的嗎？謝謝江姐！」一種被愛充滿的感動在心裡流淌。我不好意思地低下頭，眼鏡也蒙上了一層熱呼呼的霧氣。

江姐大我十歲，曾在聖母聖心會的老梅、三芝和金山天主堂幼稚園擔任老師與園長，耕耘基礎教育四十多年之久，受到台灣特殊教育之父——潘爾溫神父的影響，她收治了許多智能發展遲緩的兒童，為他們付出了很多心力。

在我的信仰道路上，她如同我的屬靈老師，殷勤傳遞聖言真理，不時鼓勵我堅定意志，讓我快速地親近天主，更讓我覺得書寫充滿力量，巧合的是，我們的聖名同為「亞納」。

當我告訴她要寫下她的故事時，她謙遜地說：「這沒什麼啊，我只是做了我該做的！」

潘爾溫，來自比利時聖母聖心會的神父，本身有個智能發展遲緩的弟弟。早年台灣很多這樣的孩子，也許被家長拿鐵鏈囚禁在暗黑的空間裡，永遠見不了天日；也許無人照管衣不蔽體，三餐與排泄物混雜四散。潘神父對這樣的孩子有重擔，他覺得這些弱勢者需要更多關愛，堅持他們也有學習的機會與受教的權利，於是早在幾十年前，他就在萬華一帶開辦了啟智班，為台灣的特殊教育開了先例。

一九八一年，潘神父來到北海岸福傳，每到暑假，他會安排台北啟智班的孩子，來到三芝天主堂幼稚園參加夏令營，十幾個孩子，往往需要二、三十位大人同行照料，他們身上常帶著難聞的尿騷味或是屎臭味，很多人看到他們，眼神充滿輕蔑，舉動全是嫌棄。那時，江明珊是個漂漂亮亮的大女孩、是堂區的幼稚園老師，但她一點也不在意這些孩子身上的氣味、特異的舉止，以及慢了好幾拍的反應。她帶著他們去白沙灣海水浴場游泳、快樂地在鄉間小路玩尋寶遊戲，她完全敞開心胸接納這些孩子，因為，她自己也有一個重殘的弟弟，有一個悲苦慘澹的童年。

江明珊五歲不到，父親就過世了，那時大弟二歲多，小弟一歲出頭，母親帶著三個稚齡的孩子，生活自是困苦不堪。但造化弄人，有天小弟在路上因閃躲一場車禍而跌倒，結果造成腦震盪導致半身不遂，從此，他的兩條腿再也站不起來，視力也毀了，需要人二十四小時照顧，這雪上加霜的困境讓母親不得不求助孤兒院。有一天，某個孤兒院表示願意收養江明珊，另一間則願收養大弟，但有病重殘的小弟，沒有人要。母親陷入茫然無助，不知如何是好，這時，有人教她去找台灣省婦女總會幫忙。

江明珊永遠記得，接待他們的是一位穿著整潔旗袍，態度雍容的貴婦。

那人和母親說：「妳若把好的孩子送到孤兒院，孩子長大會恨妳怨妳。」

「這也沒辦法啊，我是想把這兩個大孩子送走，自己去擺個小攤子賣麵，好好照顧這個小的。」母親有她的打算。

「妳花了一輩子心思去照顧這個重殘的孩子，最終他仍是殘的，不會變好。妳應該把小兒子送去孤兒院，好好地把其它孩子拉拔長大，將來才有希望。」對方好言勸母親三思。

「但問題是沒有人要收我這個重殘的孩子啊！」母親滿臉憂愁。

那位婦人想了想：「我教妳一個方法，妳要相信我。」她邊說邊寫下一個住址，並交待江明珊母親說：「妳明日下午二點半以後到這個地方，把孩子放在門口，一定會有人收走。後天妳再去××教養院，看看你們的孩子有沒有在那裡。妳聽我的話沒有錯，我不會害妳。」

縱然與骨肉分離的痛如刀割，第二天，母親還是依著地址把弟弟送走了。再隔一天，江明珊和母親去到教養院，他們隔著大門圍牆偷偷尋找小弟的身影，果然，小弟真的在那裡。

後來她才知道，那位優雅高貴的婦女會主任，早就打聽到教養院的院長那天下午兩點會去那個地方看電影，才教給他們這個方法。

接下來的十幾年，母親都會省吃儉用攢下一筆錢，在聖誕節時捐獻給教養院。直到小弟十八歲，他們把他接了回來，一家團聚。

所以，當潘神父帶那樣的孩子來的時候，江明珊的心因往事而觸動了。她對那些身心有缺憾的小生命有同理心，對那些家庭所面臨的苦楚與困境感同身受。後來，她花十二年時間進修，讀完高中和師專，一路從幼稚園老師做到園長，在這漫長的四十三年幼教生涯裡，她從沒有拒絕過一個這樣的孩子。

幾十年前，特教觀念還不普及，相關機構不多，政府也未特別著力在這一方面，大部分智能發展遲緩的孩子，會被一般托兒所拒於門外，因為其它的家長會聯合抵制反彈：「若你們托兒所收了這樣的孩子，我們就不來讀了。」當那些被排擠的孩子和家長們走投無路時，有人會指引他們：「去找天主堂幼稚園的江老師吧，她一定會收下這個孩子。」

有一年，萬金聖母全台遊行，她跟著聖母跑到花蓮，在車上遇見一位婦人，閒聊了起來，對方知道江明珊的職業後問她：「我的朋友有一個這樣的孩子，他到哪裡人家都不收，到妳那裡妳會收嗎？」

即使是萍水相逢，江明珊也毫不保留地張開愛的羽翼，為這孩子提供一個庇蔭的所在。

不管是大中小班，四十三年幼教生涯裡，幾乎每年都有這樣的孩子進來，最多時一班更高達五個。她雖然沒有學習過非常專業的特殊教育，但她發現師專裡學到的幼兒教育和特殊教育其實有很多是相互接軌的，她一頭鑽進相關書籍、積極參與研習會，舉一反三，進而在教導的過程中找到了方法：對待這樣的孩子模式無它，就是耐心和愛心。「如果這個團體是接納他，沒有人嘲笑他，那麼孩子的改變與進步就是最快的。」

她總是在孩子進來之前，先和班上其他正常的學生做好倫理與愛的心理建設，並對他們說：「所有的孩子都是寶貝，這個將來要到我們班上的同學也是我們的寶貝，如果我們的寶貝被別人罵笨蛋、被人欺負、被人笑，你們會怎麼做呢？」

「我們要做有愛心的人，要照顧他、要愛他，不讓他受別人的欺負。」孩子們的回答單純而直接。

先讓孩子做一個正義的裁判者，再讓他們變成團體裡的照顧者，是江明珊一直以來的做法，當大家的心都站在同一個基礎上時，那些有欠缺的孩子就會在正常的環境下得著愛與關懷。而那些正常的小孩看到先天比自己弱勢的同儕時，除了會主動付出，也會養成感恩的心。他們回到家裡，會和爸爸媽媽說：「爸爸！謝謝你。媽媽！謝謝你，謝謝你們把我生得那麼聰明，那麼漂亮。」

雖然江明珊後來當了幼稚園園長，但碰到這樣的孩子進園時，她仍會尊重老師的權利：

「你願意接納這孩子嗎?請你給孩子一個機會!若出狀況,影響你的教學時請馬上告訴我,我會處理。」因為這些孩子在學習上有障礙,日常生活無法自理,常常在如廁時,尿液或排泄物會不小心弄髒了褲子和衣服,江明珊從不讓老師做那些清理穢物的事,她總是急著交待:「你快去教孩子以後要怎麼做,這些髒衣服和褲子我來洗。」幸運的是,老師們都很有愛心,他們都願意展開雙臂,真心接納。

曾經有個孩子,生下來不會說話,家人以為是啞巴,把他送到重症的托兒所去,但他到三歲多時,突然會發出伊伊啊啊的聲音,這時托兒所急了,他們要求家長把他帶走,因為如果孩子會說話,反而不好教。後來,這孩子來到了江明珊的幼稚園裡。她每天花很多時間耐心地教他發音,從單字到疊字,往往一個字就要教很久很久。剛開始的時候,無論怎麼叫這孩子的名字,他都沒有反應,既不理會也不抬頭舉手。江明珊並不灰心,她帶著全班為他禱告,並請同學每天早上、中午、放學時各叫三次他的名字!孩子們很有愛心與耐心,也同心合意為這個同學祈禱,就這樣過了一個月,某天晨禱過後,當全班同學再次呼叫他的名字時,那孩子終於把臉轉過來,朝著大家燦笑!

「老師,老師,他有看到我們、聽到我們,他在笑了!」全班驚喜的情緒炸開來,每個人都興奮地大聲歡呼。

「因為天主有聽到我們的禱告!」其中一個孩子這樣說。

江明珊聽了，感動地快要流下眼淚，她沒有想到這從不說話的孩子能夠回應他們的呼喚，更沒有想到那些正常的孩子懂得祈禱的美妙。

又過了一陣子，某天教室裡突傳來「一閃一閃亮晶晶，滿天都是小星星……」的歌聲，原來，那一個多月前還不會講話的孩子，居然唱完了一整首的歌，後來連張學友的歌也難不倒他。

是天主的慈悲與眷顧，這麼多年來，這些身心障礙的孩子進到天主堂的幼稚園裡就學，從未遭到其它孩子家長的反對。

當然，這其中的過程也有挫折。

有些孩子若不是被認命的父母親刻意隱藏、與世隔絕，要不就是被極強勢的家長要求恢復正常的學習能力。曾有一位父親跑了五家幼稚園，都沒有人願意收留他的孩子，後來，江明珊伸出了雙手接納了他。報到的第一天，這位家長便寫滿了洋洋灑灑的三大張紙，請老師依照他所寫的方式處理孩子所發生的任何狀況。老師們很無奈，「若照家長的方式教導孩子，還需要老師嗎？」

江明珊急忙和家長溝通：「你寫給我們的那些我們都看到了，我們會參考，但如果你要我們按照你的方法去對待孩子，那就沒有必要把他送來，您要放手交給我們，才是對孩子最好。」

常常，我們愈愛一個人、愈在乎他，就愈限制他，愈用自以為是的作法框架他，但那是一種愛的挾持與囚繫，是一種自滿與自欺。這些慢飛的天使的確是需要更細心的呵護與照顧，但若以愛之名箝制他們的翅膀、不願意放手，那麼孩子永遠無法展開他的雙翼，飛向世界、探索未知。

還有一個家長，本身是某特殊教育協會的理事長，他對相關課程也非常關注，到處為孩子找專業機構去學習，然後要求老師照他的方法對待他的孩子。有天，這位家長午休後要帶著孩子去機構上課，他交待江明珊：「園長，請妳提早半小時叫醒孩子，她若睡不夠，會有起床氣，等下去上課情緒會不好。」

江明珊沒有聽家長的話。她讓孩子多睡了二十分鐘。

家長一到幼稚園，發現孩子還在睡覺，便很生氣地質問：「園長，妳怎麼沒有先叫她呢？」

「為什麼要先叫她？你縮短了她的休息時間，她等下去上課一定會情緒不好啊，因為她根本沒休息到。」

「我不是和妳說了她會有起床氣嗎？」家長氣急敗壞。

「我還沒有叫，你怎麼知道她一定會這樣呢？」

江明珊走到孩子床邊，輕輕呼喚她的名字，孩子被喚醒了，揉揉雙眼，沒有吵鬧，雙手親熱地勾住園長媽媽的脖子，雙腿夾著她的肚子，像隻無尾熊般，順服地被她抱著走下樓去。

家長看到這景象驚訝地睜大了眼：「她都沒有吵嗎？」

「沒有啊！」江明珊回答。

過了兩個月後的某天，孩子上課的機構突然打電話來找江明珊。

「你們是怎麼教孩子的？」對方問。

「怎麼了？孩子去你們那裡會鬧嗎？」她很緊張，以為孩子在那裡出了狀況。

「不是的，以前這孩子來的時候，會一直哭一直鬧，原來該學習的東西都沒有學到，但你知道嗎？她現在比起以前，可以學到兩倍的課程，更多了兩倍的學習能力，你們到底是怎麼教孩子的啊？」

還有什麼比獲得專業人士的肯定更令人欣慰呢？

後來，政府對特殊教育建立了一定的規範，明定這樣的孩子必須要做鑑定，也要報備，官方會派老師來巡迴各校做專業評估，當他們看到了江明珊的幼稚園，看到了這些老師對孩子做的努力後，特地邀請他們的老師將心得分享給其它的幼教工作者。甚至有某個收容重症孩子的特教機構，每週會帶著學生來到江明珊的幼稚園二次，與正常的孩童一同學習，一同互動，體驗團體生活。

「這一路走來，困難與挫折很多，其實我也可以製造不容留這樣孩子的方法，但我不會這樣做。因為，心態是最重要的，愛心、接納和包容，就是改變這些孩子的最大力量。」她說。

和潘爾溫神父相識三十四年，江明珊對神父奉獻台灣特殊教育的精神，有著深深的感動。二〇〇〇年，潘神父決定返回故鄉比利時，那時他的精神狀況已不是很好。臨行前，江明珊和一些教友特別為他餞別，飯後一行人返回教堂，正要一起敬拜祈禱時，神父突然神情嚴肅地對她說：「江老師，請妳為我點蠟燭祈禱。」聽到這句話，她的眼淚不禁撲簌簌地流下來。

那天過後，她便每日在幼稚園裡點上小蠟燭，為神父祈求祝禱，一直過了好幾年，有一天幼稚園老師終於按耐不住問她：「園長，為什麼妳每天都要點三支蠟燭呢？」

「中間這支是為一位潘神父點的，左邊這支是為你們和小朋友點的，右邊這支是為我自己每天的奉獻工作而點的，希望天主保佑大家每天都平安喜樂。」

每年聖誕節，江明珊都會打越洋電話和潘神父說說話：「神父，我有每天為您點蠟燭哦！」

「哦！」神父在電話那頭只有簡短的回應。

「您知道嗎？在台灣，有好多人都在學習您的理念！如果原本一無所有的葡萄園有了豐收，您就是那個拿著斧頭去掘土除草的人，現在無論我遇到什麼或要做什麼事情，我都會學習您那種一心一意不求回報的精神。」

「哦！」神父還是沒有多說。

潘爾溫神父為台灣奉獻了三十六年，為此地的身心障礙孩子與遊民提供了很多庇護的棲息處，也曾榮獲法鼓山基金會平安貢獻獎，但他沒有帶著炫耀與虛榮回到比利時。據了解，他目前在一個遊民中心繼續陪伴街友，也許在那裡，沒有人知道他對一個國家的貢獻有多大，但在台灣，有一個小小的幼稚園園長、一個信仰天主教五十年的教友、一個生活在你我周圍的普通人，因為受到他的啟發與感動，接續他發揚主愛的小小火苗，將他的愛德傳承下來。她做的不是什麼豐功偉業，但她讓許多可能會被父母遺棄或遭社會孤立的孩子，有了不一樣的人生風景。

我想，在比利時的潘神父，一定感到很欣慰。

獨一無二的天使們——星星的孩子

她看見了一個母親的憂愁臉孔，同時有一個聲音在耳畔響起：「妳看我，妳看我，我的孩子要去被釘死在十字架上，而妳的孩子……」江明珊當下恍然大悟崩潰痛哭：「聖母媽媽，我懂了，我懂了，因為妳知道我有能力照顧，所以妳給了我這樣的孩子。」

二十三年前，已有一子一女的江明珊開心地迎接第三個新生命的到來，這是一個可愛的女嬰。九個月大時，她開始牙牙學語，就像所有的孩子一樣。但到了一歲二個月，她突然不再發出聲音了，和大人的目光接觸時，眼神也會飄移、閃躲。她關起了與外界接觸的大門，退縮到黑暗幽閉的空間：鋼琴布蓋下的世界是她的祕密花園，她會拿著心愛的玩具一個人躲在裡面玩到滿身大汗也不出來；靜無人語的房間變成了她的異想世界，常常在原地不知疲倦地不停轉圈，好像要把世界的喧鬧甩脫轉離；有時，她又會像芭蕾舞者一樣墊著腳尖走路，看起來安靜而詩意，但那詩意的後面其實躲藏著殘酷的病徵。

從事幼教工作多年，收治過無數身心障礙的孩子，江明珊敏銳地察覺到自己的孩子有了狀況。她帶她去醫院檢查，忐忑不安地問醫生：「我的孩子有沒有可能是自閉症？」

「根本就是啊！」

醫生看也不看就很不耐煩地回答。也許對他而言這是司空見慣的例子，但他沒有想到，那充滿輕蔑的話語，狠狠地刺痛了一個做母親的心。他沒讓孩子做任何評量，也沒說要如何治療，邊講還邊把手錶拿起來開始計算時間，好像是要趕她們走。江明珊無奈地帶著孩子步出醫院大門，但那個醫生冷酷無情的臉孔，已在她心裡烙下一道傷痕。

從醫院回來，她糾結的心一直放不下，繼續觀察孩子的情況，到了二歲，孩子還是不講話，於是她又開始四處奔波求醫，她找到馬偕醫院的小兒科，醫生告訴她，可能是因為孩子的耳朵出了問題，所以沒辦法講話，醫院馬上安排做了聽力測試，結果出來了，孩子竟是屬於重度聽障，院方並建議她等孩子滿三足歲時要開始戴助聽器。對一個母親而言，這是何等錐心而嚴厲的宣判？她如何能相信原本正常會說話的孩子以後將活在無聲的世界裡？

「我不覺得她耳聾！」江明珊這樣告訴自己，也懷疑醫院的鑑定不是百分之百的正確。過往的經驗告訴她，自閉症的孩子沉浸在自己的世界時，的確是不會回應的，但如果偶爾故意製造一些突如其來的聲音，她會有反應。憑著多年的幼教經驗，她自己展開了試驗：孩子平常最愛卡通人物哆拉A夢，她故意在自己的臥房裡播放哆A夢的主題曲，並將聲音調到最小。好幾次，孩子在客廳聽到臥房傳來的輕微音響震動聲，就循著聲音跑到她的房間定神傾聽。

「孩子沒有聾！」她這樣相信。

當女兒一滿三足歲，她便帶她去助聽器公司做檢查，想得到一個最終的答案。但對方建議她到榮總，因為那裡的設備最頂尖。再做一次測驗後，院方說：「媽媽，妳放心，妳的孩子耳朵完全沒有問題，即使有也是非常輕度的，不需要帶助聽器。」後來她才知道，第一次的測驗是因為打麻藥的過程出了問題，醫院才會誤判。

從十幾歲開始在幼稚園工作，江明珊從來不拒絕身心有缺陷的孩子，但她萬萬沒想到，那樣的遭遇會臨到自己身上，她來不及自怨自哀，她知道人際關係的接觸與閱歷，對這樣的孩子是一種學習的刺激，也是助力，所以她從不避諱帶小女兒出門，也告訴自己不要在意別人的眼光。她讓孩子接觸一切新鮮的事物、學習獨立，她總是牽著她的小手，耐心地在狹窄的花台上來回行走，或是拉著她一起在操場上赤足奔跑、帶領她穿行在大街小巷，不厭其煩地、慢慢地，一字一句，教她認識世上所有的事物。

那是一場不知何時是盡頭的持久戰、是一場果決向前的堅苦戰，她勇敢地面對孩子身為自閉症患者的事實，並傾注一個母親所能給予的愛及付出。她以為自己很堅強，卻不知道原來自己也有軟弱的時候。

在女兒四歲的某一天，母女倆走進一家店，有位婦人也帶著年紀和女兒差不多大的孩子進來。那個孩子手上拿著一張哆拉A夢的貼紙在把玩，很喜歡哆拉A夢的女兒情不自禁地靠了過去，伸手摸了摸那張貼紙，對方母親的神情剎那變得緊張，江明珊趕忙解釋：「我女兒也很喜歡哆拉A夢，她不是要搶，只是摸一摸，不好意思啊！」對方看了看她沒說什麼。過了幾分鐘，一個閃神，江明珊忽然聽見那個孩子在哭泣，她回頭一看，原來女兒又去摸那孩子手上的貼紙，對方以為她要搶，便嚎啕大哭起來。江明珊一直和對方的母親欠身賠禮：「對不起，對不起，我的孩子有點自閉的傾向，她沒有惡意。」

「這種孩子還帶出來幹嘛，丟人現眼！」那位婦人毫不留情地當著許多客人的面怒斥她。這句話像是一根巨大的針，直刺她的內心，畫破了她不得不努力築起的堅韌之牆，長久以來承受異樣眼光的痛苦與教養過程累積的艱辛終於爆發，那一瞬間，江明珊再也忍不住情緒的潰決，豆大的眼淚不停地滴落。

從那天起，她常常獨自一人跑到暗夜無人的教堂痛哭：「主啊！祢在和我開什麼玩笑？我從不拒絕這樣的孩子，祢為什麼給我這樣的孩子呢？」整整一年，她陷在這樣的痛苦與悲傷裡無法掙脫。

隔年，到了四旬期第三旬主日的週五，那原是拜苦路的日子，但金山聖堂因地處偏遠並未舉行苦路儀式，於是她一個人跑到聖堂，彷彿是上戰場的勇士般，豪氣地對耶穌說：「今天沒人來拜苦路，我來陪祢走這條苦路吧！」當她念著經文默想到苦路第四處：耶穌與聖母相遇時，她很自然地抬起頭看看聖母像，但她頓時愣住了，因為她看見了一個母親的憂愁臉孔，同時有一個聲音在耳畔響起：「妳看我，妳看我，我的孩子要去被釘死在十字架上，而妳的孩子……」江明珊當下恍然大悟崩潰痛哭：「聖母媽媽，我懂了，我懂了，因為妳知道我有能力照顧，所以妳給了我這樣的孩子。」

其實，她從不覺得天主對她不公義，也從未懷疑過信仰，以往所有的哭泣與質問，只是為了有一個情緒宣洩的出口。但從那天起，她完完全全釋放了所有的痛苦與悲傷，直到現在，每年的四旬期苦路，她都會想到那個晚上與聖靈相遇的悸動，也會因痛苦生命獲得更新而再次流下感動的淚水。

後來，她開始帶孩子去特殊教育研習中心上課，每週六下午，母女倆從遙遠的北海岸金山一路坐著公車，幾番輾轉來到台北，每去一趟來回得花費七個小時，一千多元，不但大人孩子的體力都難以負荷，高昂的學費對她而言也是龐大的開銷。學過幼稚教育的江明珊，想到了一個好方法，她待在特教老師旁邊觀察學習，勤做筆記，回家後再花時間去找相關的知識，教導女兒。後來，孩子進入小學就讀啟智班，學校裡不乏特殊教育的課程，江明珊同樣要求老師讓她在旁邊做筆記，老師很高興：「當然歡迎，孩子就必須有家長在家裡一起配合，學習才會有進步。」

啟智班除了提供語言、音樂、繪畫、感覺統合等治療外，還有生活學習等課程，校方並按照每個人的情況量身打造學習表，小女兒在那裡進步非常神速，表現得也很優秀。

自閉症的孩子，總會在某些地方展現傑出的天賦，江明珊的小女兒也不例外。她在繪畫方面有驚人的天分，不只２Ｄ，３Ｄ空間也難不倒她，四歲時，她舉起稚嫩的小手比劃一番，就可以畫出飄在空中的聖誕老人熱汽球；九歲時，她已經可以用電腦裡的小畫家功能繪出哆拉A夢裡大雄房間的電視、櫥櫃、家具，並且還是立體的；十歲的時候，她看到哥哥故事書裡一個小小的薩克斯風圖案後，竟花了一兩百個小時繪出鉅細靡遺的細節；她的女工及藝術才華甚高，做出來的作品總是栩栩如生宛如精美的藝術品。更令人驚嘆的是，她竟可以用不同於一般人的思維和模式去建構、分類、自製出一本字典。江明珊很驚喜：原來小女兒和別的自閉症孩子不同，她不但可以學，還可以留住所學，加以發揮極致。

這樣的天分在常人看起來有無限發展的空間，學校的老師也鼓勵她更上一層樓，但江明珊並沒有強將這樣的期望加諸在女兒身上。國外的專家曾經對自閉症的孩子做過分析：他們對人際關係裡的情感與善惡無法分辨，「如果在成長過程中受到打擊，孩子會像蝸牛的觸腳一樣，縮回最初始的狀態，原本具備的高功能可能就此關閉，甚或比初始的情況還更壞，那麼所有的努力都將前功盡棄。」有些家長無法接受自己的孩子自閉，甚至期待孩子有天能夠變回正常人，於是硬將不適合的學習課程放在孩子身上，但江明珊不這麼做，她覺得孩子的學習成績一點都不重要，讓她能在團體生活中快樂地成長，才是做為一個母親最大的喜樂和盼望。

曾經，光是讓女兒學會對人點頭說「謝謝」，全家人就教了她好幾年，頭也不知點了幾千幾百萬次；八歲入小學前，女兒只學會叫「爸爸」、「媽媽」、「哥哥」、「姐姐」幾個單字，但她喜歡唱生日快樂歌，即使她每次只會附和著大家發出結尾的「快樂」兩個字。就算沒人過生日，江明珊每個月也會特意去買個生日蛋糕回家，只為了聽女兒說一句：「快樂！」對別人而言，這是再簡單不過的兩個字，但對全家人來說，這兩字飽含了生命前進的喜樂與欣慰。

小女兒現在二十三歲了，不久前，原本烏黑的頭頂出現了白髮，她和媽媽撒嬌：「我不要！我不要像媽媽一樣變老！我不要變成老太婆！」為了安撫她，哥哥姐姐媽媽一起陪著她染髮，讓她知道她和一般人沒有不同，她才接受了自己。江明珊心裡很清楚：這樣的孩子一旦過了青春期，身體的機能很快地會走下坡，但她很淡然，因為，這麼多年來，一家人全心無悔的付出，已建構出女兒所能認知最美好的世界，這世界裡沒有自卑、絕望與哀傷。家人的關懷讓她明白，正常人也有不會做的事；家人的鼓舞讓她知道：自己擁有正常人沒有的天分，而天主給了她一個有能力照顧她的母親，與凝聚力如此強大的家庭，讓她享受到遠比一般人更豐沛的親情與滿全的愛。

很久以前，江明珊就想去做志工，她常向主祈禱：「我不要等到退休的時候才去做！」可是那時她還在上班，一方面覺得退休才有時間、才有餘力全然付出，但一方面又擔心如果真的退休，年歲已大，沒有氣力再奉獻。這樣的矛盾一直在她心裡不停拉扯。九年前，天主教「基督活力運動」去花蓮辦三天的研習會，在火車上一位弟兄突然對她說：「台北的天主教監獄牧靈中心缺少志工，可以利用上班時間去上課，妳要不要來？」

彷彿神在開路，就這樣，江明珊用請特休假的方式，開啟了志工生涯。每兩個星期一次，她利用午休的時間，坐計程車趕去土城看守所上課，來回得花五百多元的車費，就為上一小時的課程，但她甘心為主所用，樂意花錢買時間，為那些迷失的羊群進行愛的醫治。

從士林看守所、新店戒治所到少觀所，江明珊花在受刑人身上的時間愈來愈多，但她沒想到，這些因天主的愛而碰觸的生命故事會讓她的心愈來愈痛，終至無法承受。

有一位慕道班的戒治人Y在戒治所領洗，江明珊因緣巧合下做了他的代母。上帝給的神恩讓她看到他的本質並不壞。她問：「你不是個壞孩子，個性也很好，為何會走上吸毒的路犯下搶案呢？」

原來，他向人貸款四十萬，和大哥合夥做豆腐生意，女友當他的保人。本來生意還過得去，但後來大嫂開始排拒他，騙他沒有賺錢，兄弟倆的嫌隙愈來愈大，最後只得拆夥。事業沒了，當初借貸的四十萬也還不出來，他終日煩悶愁苦，靠吸毒宣洩情緒，而當保人的女友也沒辦法幫他還債，走投無路之下，他犯下搶案。

他受洗後，江明珊買了一本主日的聖經故事想要送他，還特地和別人換班去戒治所看他，但Y已經完成了他的戒毒課程，出了戒治所，轉到宜蘭三星監獄服刑。江明珊始終沒有忘記這個本質不壞的年輕人。一年後，某位弟兄本來要去三星監獄為受刑人上課，但臨時有事，請江明珊代班，她喜出望外，特別請了一天假，以為可以見到Y。滿心期待去到那裡，結果獄方查了半天告訴她：「沒有這個人。」

「有啊，戒治所說他回來三星服刑啊！」江明珊覺得奇怪。

獄方進一步再查，才發現他已移監到台東了。

那一年的過年，江明珊決定不管如何都要去台東探望他。當Y看到江明珊出現，他嚇了一跳，眼眶紅紅的：「老師，怎麼是妳？我想家人住那麼遠不可能來看我，怎麼會是妳？」他告訴江明珊目前在伙食房工作，每天吃得很好，日子過得不錯。

「到現在六年多了，Y應該已經服完刑出來了！」她淡淡地對我說。

類似的案例太多，江明珊總是感到很無力，為什麼有這麼多無奈的人生悲歌？有些悲劇的根源往往不是那些人犯了什麼錯，而是他們犯錯的背後、那些不堪的環境造成了他們失足的憾恨，她很想要幫忙，但憑一個人的力量，所能做的還是有限。

走進與外界阻絕的高牆，打開冰冷的鐵窗與一顆顆破碎的心靈對話，少觀所的孩子帶給江明珊的，是更難以承受的痛。偷竊、搶劫、吸毒、混幫派，那些孩子，在人生還未全然開展的時候，生命就受到了莫大的傷害。

每週一個小時，她要在傾聽中，默默和個案建立互信，在話語中和對方誠懇互動，她有時像老師，有時又像母親，她用同理心和真誠的關愛去打開孩子的心房，全然進入與了解，但當她與孩子的心靈愈來愈靠近時，她卻愈來愈痛苦。因為她的心太柔軟了，就像她從不拒絕身心有缺陷的孩子一樣，她用愛全心接納包容，甚或與他們同悲同喜、同哭同笑，共同承受生命裡的悲歡與磨難。

然而當她回到家靜下心來開始書寫紀錄時，那傾聽過程裡的悲傷與痛苦又在她的心裡翻攪一遍，她不停地去消化和反芻對方生命裡的傷痛，愈回溯，就愈陷溺在他們的故事裡出不來。就這樣來來回回，她身心俱疲、氣力放盡，只能祈禱。

孩子也許只要承受自己的傷痛，但她一個人，卻承受了所有孩子的傷痛。

有人勸她，那些故事聽完回來就丟掉吧，要懂得切割情感，但她很清楚自己做不到。她不知道未來還有沒有能力再去承擔那些孩子的傷痛，也沒有問主耶穌該怎麼辦，她只知道，如果承受不了，就不該硬擔起這個重負。

年輕氣盛時，江明珊曾經一年不進教堂，拒絕天主，但天主總有祂的方法把迷失的羊找回來。她後來才明白：如果太有個性，自我意識太強大，信仰進不了心裡。只有當你謙卑地說：「我願意」時，祂才會一次又一次地碰觸你，不會停止。後來，她常對主說：「主啊！如果祢要用我，請幫助我在軟弱中生堅強。」果然，當她軟弱的時候，神又會突然給她一個前進的力量。

二〇〇〇年千禧跨年夜時，她跑到金山堂祭台前和主說：「主啊，祢來使用我吧，我願意是祢的器皿，祢的工具，我不求什麼，只求祢給我力量讓我去面對我願意做的事。」從那時開始，江明珊就把「我」放在最後。從不是心甘情願的「委順」，到明明知道有委屈還是願意做的「順服」，再到完全臣服於天主恩典的「降服」時，所有那些人世間的委屈與磨難已經不能再打擊她、困擾她了，因為她已慢慢體會到：當主的旨意在心裡成形時，就不是「我」在做事，而且，做這事不是彰顯「我」的愛德，而是彰顯「主」的榮光，她期待用這樣的心態面對信仰，達到「無我」的境界。

「猶如潺潺流水歸入無垠大海，不知不覺失去在你裡」

這是江明珊最喜歡的一首聖歌〈歸回〉的歌詞。當信仰到最後，自己就像是一滴小水滴匯聚成河，流入大海，那水滴雖然已在大海裡面，但它已經看不見自己，因為到那時，「我已不是我了」！

礁溪五峰旗聖母朝聖地，是江明珊最喜歡的地方。

她常在這裡為心繫的人點上一只蠟燭，虔敬祈禱，這裡不僅是她心靈的安歇處，也讓她遇到許多神妙的見證。

某年的復活節後，她來到朝聖地，偌大的教堂只有她一位教友，她問修女：「我只要一串玫瑰經的時間祈禱，可以點復活蠟嗎？」修女答應了她。於是她先虔誠誦念完玫瑰經，再用復活蠟點燃兩顆小蠟燭，拿到聖堂外的聖母亭中祈禱，「聖母媽媽，我把耶穌基督復活的真光拿來奉獻給祢。」她對聖母這樣說，然後便開始念玫瑰經。念到一半時，她發現嘴角不自覺地上揚，好像在笑，她摸了摸臉頰想：「我很專心地念經，並沒在想其它的事情，為什麼我在笑？」她抬起頭看看聖母：「媽媽，是妳在笑嗎？」

聖母沒有回答，她低頭繼續念經。

直到念完了五端，她發覺自己的臉好酸好酸，原來她真的一直在笑，嘴角一直在上揚，自己卻不知道。她很確定這笑不是來自自己，但她心裡卻漾著一種奇特的感覺，彷彿心眼開了花一般，充滿喜悅。於是她又抬頭問：「媽媽，是妳在笑嗎？」突然有一個聲音對她說：「我好高興，妳給了我最好的，在五月聖母月的第一天！」

聖詠裡有一句：「不是語，也不是言，是聽不到的語言。」（聖詠集十九：4／思高本；詩篇十九：3／和合本）江明珊始終想不透這句話的涵義，請教神父、修女也一直得不到答案，但這一刻，她終於恍然大悟：聖母媽媽顯現給她的不是言，不是語，而是一種超越現世、全心全意的心靈相通，「因為，祂已全然接納了我對祂依靠的心。」

五峰旗聖母朝聖地

「你們不要的，都給我！」江明珊時常在這裡為孩子祈禱。

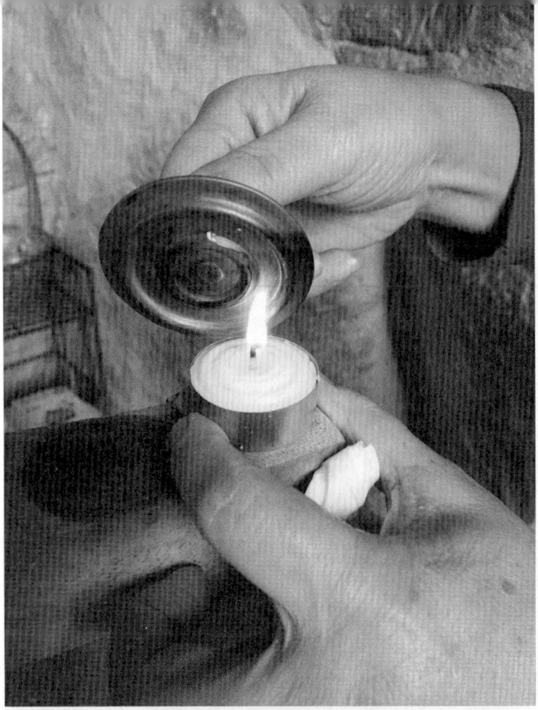

在聖母亭裡，江明珊認真仔細地清除小燭台滴結的蠟淚，以及盤底因氧化而發黑的油膜。

每個周五，江明珊都會為心裡所有牽繫的人，點上一支蠟燭，獻上虔誠的祝禱。

第一次隨明珊姐來到五峰旗聖母朝聖地，她領著我跪在椅子上誦念玫瑰經。

第九章 從徬徨少年蛻變為神父

離開的意義——從繁華到離島

「我若貪圖現在的方便生活，留下來也沒有價值。」

打開生命的出路——朱修華神父

背負幼弟死亡的陰影、無人了解的慘綠青春，直到走上神職之路，不僅打開了生命出路，自己也獲得了救贖。

離開的意義——從繁華到離島

主教問他：「你真的想要去馬祖嗎？」

「你叫我去哪裡我就去哪裡。你若叫我不要去，留下來，我就留下。」神父這樣對主教說。

主教再一次問他：「你自己心裡想不想去呢？」

「我想去馬祖。」神父沒有半點後悔的意思。

我三歲便受洗，但在成長的過程裡從來不懂天主教的信仰內涵、也不曾領受被聖化的歡躍，直到四十七年後突然重返信仰，那過程難免充滿了困惑、茫然與自我懷疑。然而一路走來，我進入了許多人的生命故事，我發現那故事的核心都指向一個最單純的初衷：「信」。我至此明白，原來重返信仰最關鍵的就是「信」，若「信」的根基不夠穩固，我便隨時會墜返現實，回到過去。重返信仰的第一步，我走得小心翼翼。

我不是一開始就全然感受到天主的臨在，也並不認為自己最終一定會成為虔誠的教徒。

但就在我想要好好踏入信仰、認真尋索生命的本質時，一位神父的一席話讓我充滿困惑、怯步、想要逃離，甚至自以為是地論斷他，但後來也是這位神父，讓我明白什麼叫做單純的信仰、什麼叫做「基督在我內生活、我在基督內生活」。

十字架高聳在這個熱鬧的街區，搬到此地十幾年，這座離我家僅五分鐘路程的天主堂，我卻從未踏進去一次。

開始書寫後，我有了想要去參與彌撒的念頭，除了想尋回小時候那個帶著詩意與魔幻寫實般的記憶外，更想要了解這個宗教是如何讓文懷德、巴昌明、黃金晟神父懷抱福傳一生的使命？如何讓郭霞媽媽和江明珊大姐有如此強大的信德？

那個週末夜晚，聖堂坐滿了教友，我故意找了一個最後排靠邊的位子坐下，不想驚擾任何人。

彌撒是七點半開始，但一直沒有看到神父的蹤影，司儀伸長了脖子不斷向後方張望，底下的教友倒是不見騷動，以默契維持著天主堂應有的靜肅。

十分鐘後，一位理著平頭、鬢髮有點灰白、身形清瘦的本國神父走進聖堂。

我記得，那日的福音主題是「方向」。

神父開始講道了，內容大意是：「我的人生道路走得對嗎？是否目標在東，我卻朝著西走？是否走錯方向抑或繞了遠路而不自知？不論如何，即使是繞路，以前的一切經驗與過程會積蓄爆發的能量，若繞路還是能到達目的，也比一直走錯了卻不知回頭好。」

講完福音，祭台上的神父突然神情嚴肅地對著台下所有的教友說：「我很灰心，堂區這麼大，教友那麼多，二年了，卻沒有人願意出來為教會多做一點。我已經為各位服事很久了，如果再沒有人出來服事，我就要請調到別的天主堂了。」

這突如其來的宣告讓整間教堂頓時陷入一種詭異的沉寂。

我沒有聽錯嗎？這位神父的言論讓我大吃一驚。神職人員不都是無怨無悔的付出嗎？怎會有神父因為這樣的原因而要離開？

我才剛想踏入信仰的大門，想要進去裡面好好認識這個上帝，但這些充滿失望的話語，卻似乎把我從信仰的大門往外推，我的心受到了不小的衝擊。

在當下我心裡想：「神父啊，你能清楚明白自己選擇請調的決定不是一條錯路嗎？你為什麼不願意繞個遠路，達到你要的目的？難道你不愛你的教友嗎？天主的愛不能讓你全然地奉獻嗎？」

如果一位神父就這樣放棄教友，那麼他的聖召是真實的嗎？天主這麼多年來在他裡面所動的工去哪裡了？我要追尋的是這樣的宗教嗎？

彌撒結束了，我帶著滿腹的疑問與失望踏入夜幕裡。

相隔一週再去參加彌撒，上次那位神父因鐸區輪班互動服務到他堂沒有來。祭台上是一位外籍神父，操著字正腔圓的國語宣講著福音。我向教友打探，原來上週那位宣告要離開的神父是本堂神父朱修華。

我沒有心思聽台上的神父講道，因為心裡充滿了許多問號。真正的信仰到底是什麼？牧者到底該抱持什麼樣的胸懷？

基督徒好友曾和我說過一個故事。

一位極討厭魚腥味的母親，為了變出奶水餵養孩子，強迫自己吃下她所厭惡的魚肉。她犧牲自己，去做最不想做的事，全是因為愛。當孩子慢慢長大，母親開始讓這孩子去學習接受各種食物，但孩子不小心被食物燙到，或被魚刺刺到時，他會責怪、吵鬧，甚至捶打母親，但母親不會生氣，她只會伸出雙臂緊緊擁抱孩子，安撫他、包容他，等到孩子長大了，他會明白，原來母親真的很愛他。

孩子的好壞，他自己不會知道，難道壞的小孩就不要了嗎？儘管孩子再傷母親的心，做母親的都不會有怨言、也永遠都不會放棄自己的孩子。

牧養的工作比起母親養育孩子豈不更辛苦？

和郭霞媽媽談起我的困惑，她建議我，另外找一間喜歡的教堂吧！明珊姐則對我說：「神父內心是很真誠的，但他的說法掩蓋了那個真、直、率，致使我們當下以為他是沒有熱誠的人，反而誤解他。但神父也是人啊！若把一個神父的真我打破重新塑造成我們所要的樣子，那就不是信仰。」

「我當下其實很失望，很想躲開逃走，那不是我心目中的神父形象，也不是我要的信仰。」我說出我真實的感受。

「很多時候，我們經過人生的無數洗鍊，懂得去屈就、去學習，但那些從小誓守貞潔的傳道人，可能沒有經歷過太多世俗的沾染，以致表達方式或話語可能會讓人誤解、失望。妳年輕時遇到失望可以掉頭就走，但現在妳五十歲了，已經有很多歷練，如果妳願意花時間去等待信仰的成長，願意待在那地方不走，妳才能看到原本看不見的東西。如果妳說：啊！這不是我要的信仰，轉身離去，這和二十歲的妳又有什麼不同？」明珊姐語重心長。

是啊！如果我現在逃開了，那和二十歲的我有什麼不同呢？

我明白了，郭霞媽媽愛我，她怕我在信仰裡受到傷害，她希望我用美善來開啟信仰的大門，而不是失望；但明珊姐要我看見信仰的真實，去接受那裡面的不完美。

「就是因為失望，妳才要努力把希望放進去，讓它發光發熱；就是因為失望，妳才要待在神的裡面，接受那份不完美。愈是黑暗的地方愈要放光明，愈是失望的地方，愈要放希望。只有堅持住了，才能真正進入信仰裡。」江姐說。

我默默咀嚼這些話，漸漸看清了自己對信仰理解的膚淺，突然有個強烈的念頭在心裡萌生：「如果可以，我希望能和這位神父談一談，讓他知道教友是需要他的、教堂是需要他的。」

若我不開口問，將會永遠誤解神父。

我和一位姐妹談到神父的情形，她說：「每個人都認為自己愛天主，自己的做法是對的，但若沒有了服從，教會、教友甚至神父都會受傷。一直以來神父無力改變現狀，到最後，他只能用那樣直接的方式在祭台上，公開地向教友告別。」

「不會有神父這樣做的，但朱神父太真誠，妳知道嗎？他為本堂留下了一大筆奉獻金，一毛也不帶走。」她說。

我既驚訝、感動又羞愧，我自以為什麼都知道，卻不明瞭神父決定離開的背後，其實突顯了他的寬厚與神貧。

「神父要調往哪裡？」我忍著激動問她。

「馬祖！」

天啊！這也太巧了！

老梅教堂的創堂神父文懷德曾在馬祖福傳八年，我一直想要去那裡走訪那些曾接受過神父愛德的教友，沒想到相隔三十三年，朱神父也要追隨文神父的腳步去到馬祖奉獻自己。我不得不相信，在我重返宗教信仰的旅程中，這奇妙的連結是來自上帝的指引。

在不同的時空，兩位神父啟程時所帶的心念必定截然不同！我暗自決定：我一定要去找朱神父，我希望他即使要離開這裡，也是懷抱著天主的旨意與祝福，而不是帶著落寞與愁苦，遠赴那遙遠的島嶼。

遠遠看過朱神父幾次，總覺得他外表看起來很嚴肅，有些距離感，我不知道他會怎樣對待一個還在信仰之路摸索前進的人。鼓起勇氣打電話去天主堂找他，告知他我是失聯已久的教友，正在尋找領洗證明，同時也表達想和他討論信仰與生命的渴望。他回答我：「妳現在不在我這個教區，還不是我的羊，妳要找到原本的堂區神父，請他開張證明或是想其它辦法，再來我們這裡入戶口。如果妳想談談，也可以，但請妳把問題條列好，不要沒有準備就來，浪費彼此的時間。」

這神父講話也太直白了，想到要和他面對面，我竟有些忐忑。

也不知道哪裡來的勇氣，這一天，我大膽直接切入主題，問他要離去的理由。「我第一次來教堂時，聽見您在祭台上說，對這裡灰心失望，因此要請調他處。老實說我當下聽到了很震驚，如果神父都會感到灰心、受傷，那我要如何走進這個信仰？您的話讓我充滿了害怕恐懼，我害怕進入信仰之後也會受到傷害。」我說。

神父似乎有點意外我會問這個問題。

他表情鎮定，但微微皺起灰白的眉頭、瞇起雙眼想了一下，慢條斯理地回答我。

他說，這個教會歷史很久了，一些人習慣了以前的做法，因此在發展堂務時會有阻力，這樣的拉扯持續了二年。原本他希望用這樣的方式來激勵大家化被動為主動，出來做服事，但情況似乎沒有改變，於是，他只能選擇離開，讓更好的人來接手他的工作。

「如果教友們覺得，連這麼『好』的神父都想離開，或許他們會回頭思考自己的做法吧！如果離開之後，現狀還是沒有改變，那我留下來也無意義，不如到別的地方做更多服事。」他說。

人與人的磨合本來就是一件極困難的事，我只能站在牧養的角度，希望神父不要放棄他的羊。

「如果今天和妳談完，天主告訴我應該繼續留下來，那我就會留下。」神父最後這樣告訴我。

一個多小時很快就過去，臨走前我突然想到一個問題：「神父！您是幾歲得到聖召的？」

「我沒有聖召。在我六歲時，我小弟因一場意外死了，那時我就常想：人為什麼要來到這世界上？來了又為什麼會死亡？生命的意義是什麼？我問父母、問老師，都沒有人能告訴我，後來我開始和一些小太保混在一起，但混到十四歲時發現不行這樣下去，那時候，擺在我面前唯一的路就是去修道院，我是這樣踏上神職之路的。」

簡單幾句話，神父輕描淡寫了他七十歲的人生。

我非常驚訝，他會對一個初次見面的陌生人，如此坦白且直接地剖析一個由死亡展開的信仰歷程，而我這個人照他的說法，還不是他的羊！我單刀直入地挑戰他，他也毫不保留地坦然回應我。

帶著這個悲傷故事，我走出了教堂。很難解讀神父訴說往事時的那個眼神，看起來好似雲淡風輕，但總覺得那眼神裡有一絲幾乎察覺不出的波動。我想，那故事帶來的傷痛若不是已經淡了，就是他藏得極深。

幾個禮拜過去了，我對彌撒的繁複儀式、天主教的教義與經文愈來愈不陌生，而朱神父離開的日子也愈來愈近。

這天彌撒結束，神父站在教堂門口和教友寒暄，我等人都走得差不多了，鼓起勇氣走到他前面，深呼吸一口：「神父，您還記得我嗎？上次來找過您。」

「記得記得，妳就是那位×××！」神父今天的心情似乎不錯，嚴肅的臉上有了笑意。

「是的，我想在您去馬祖前再和您談一談，包括有關我的領洗證明的事。」

「可以啊！妳知道嗎？我們好多人都在幫妳找證明！」

「真的嗎？太感謝您了！」我一直以為只有教友在幫忙找，沒想到神父也有交待他們。因為之前他曾經說過我還不是他的羊，老實說，我對這句話一直耿耿於懷。

「妳有沒有很感動？」神父笑著問我。

「有啊，這次的宗教尋根之旅，一路上遇到很多奇妙的人和事，我有很大的感動！」

「那好啊，我們這次可以談深入一點！妳這種追根究柢的精神，不錯！」神父居然誇讚我。

「但妳還是要把問題條列出來哦！」他又補上一句。

從事媒體工作二十五年，條列問題還不拿手嗎？我在心裡笑著，期待著和他展開第二次的談話。

上次朱神父曾對我說：「如果今天和妳談完，天主告訴我應該繼續留下來，那我就會留下。」

但天主沒有這樣說，神父還是要去馬祖。

前些日子一些教友曾向主教公署表達婉留之意，希望讓朱神父留下來。

主教問他：「你真的想要去馬祖嗎？」

「你叫我去哪裡我就去哪裡。你若叫我不要去，留下來，我就留下。」神父這樣對主教說。

主教再一次問他：「你自己心裡想不想去呢？」

「我想去馬祖。」神父沒有半點後悔的意思。

他是自願離開繁華舒適的大都市，去到更偏遠、客觀條件及生活環境差一截的離島，他是要以行動來激勵教友、喚醒他們侍奉天主的心。

「我若貪圖現在的方便生活，留下來也沒有價值。」他說。

我突然有一股很深的感慨，神父選擇以這種方式離開，似乎是一種自我犧牲，是一種帶了點感傷與悲壯的勸諫。

「馬祖有幾位教友？」我問。

「好像是三戶還是三位，不清楚，等我去了要先拜拜碼頭。」神父難得露齒而笑。

「神父，至少有一家『夫人咖啡館』的女老闆是教友。」我告訴他。

「沒錯吔，有人和我說過他們是教友，妳怎麼會知道呢？妳和他們很熟嗎？」

因為一直想去馬祖尋找文神父的事蹟，曾打電話到馬祖南竿天主堂，探問任何相關的蛛絲馬跡，接電話的是來自西班牙的蘇佐隆神父，是他把「夫人咖啡館」的連絡方式給了我，我才知道咖啡館的女老闆王春金女士也是教友。

我把這個過程和神父大概提了一下。

「可能天主要叫妳做一些事哦，但是什麼事，我不知道！」神父聽完之後這樣對我說。

我的心又被撞擊了一下。

「天主要叫妳做一些事！」這話語再次讓我感到肩上好像負了好大的重擔，且是窮其一生都難以承受的重擔！

主啊，我只是一個俗庸平凡、剛剛重返信仰的人，我配成為祢的器皿、為祢所用嗎？或許有些時候，教友並不是不想為主服事，而是因為深覺自己的不足，深覺自己需要更強大的熱忱與信德，才能勇敢地將自己全然奉獻給主。此刻的我，似乎正在等待一種非常強烈而清楚的肯定，而那肯定的「訊號」只有來自於天主，我才會終結無止盡的自我懷疑。

臨別時，神父說：「下次我要聽聽妳的故事。」

「好，以後去馬祖，慢慢說給您聽。」

我其實是希望奇蹟出現，讓朱神父能留下來，但我知道，即使神父沒有留下，那也是天主的旨意，祂讓神父去馬祖，也許是對他、對教友們有另一番不同的期許、洗鍊與造就。

在我初讀聖經的時候，對這一段經文印象特別深刻：

當梅瑟（摩西）舉手的時候，以色列就打勝仗；放下手的時候，阿瑪肋克（亞瑪力）就打勝仗。終於梅瑟的手舉疲乏了。他們就搬了塊石頭來，放在他下邊，叫他坐下，亞郎（亞倫）和胡爾（户珥），一邊一個托著他的手：這樣他的手舉著不動，直到日落的時候。

於是若蘇厄（約書亞）用刀劍打敗了阿瑪肋克和他的人民。上主向梅瑟說：「將這事寫在書上作為記念，並訓示若蘇厄，我要從天下把阿瑪肋克的記念完全消滅。」梅瑟築了一座祭壇，給它起名叫「雅威尼息」（耶和華尼西）說「向上主的旌旗舉手，上主必世世代代與阿瑪肋克作戰。」（出谷記十七：11-16／思高本；出埃及記十七：11-16／和合本）

從對神父的誤解到了解，我如今有另一番領悟：若朱神父是梅瑟，他舉揚的雙手是為天主征戰，但他的身邊，卻不見亞郎和胡爾。

當神父的雙手舉乏了的時候，沒有人可以托著他。

打開生命的出路——朱修華神父

就在那個下午，連大人究其一生都可能無法參透了悟的生死議題，如宇宙洪荒初始迸裂，在朱修華的腦子裡炸開了一個思索生命意義的大洞，也驟然粉碎了他還未嘗盡快樂的童年光陰。

六歲那年的一個尋常午後，調皮好動的朱修華在枕頭底下發現了兩毛錢，他偷偷地將錢揣在手心裡，興奮地睡不著午覺，「兩毛錢，我們兄弟三個人要怎麼分呢？」他沒想多久，便決定帶大弟一起悄悄地溜出家門，逕自向左走去，買些吃食。三歲的二弟見他們跑出去了，也跟著溜出家門去找他們。

也許，二弟曾在路口來回左尋右望，但看不見哥哥們的蹤影，誰也無法解釋，在那個當下，他為什麼會選擇向右走；也許，一路上並沒有人看見這個三歲小男孩，他小小的身子邁著稚氣的碎步獨自前行，直至他在水圳邊遇見了一個同齡的鄰居小孩，他倆便天真地嬉鬧著童稚的遊戲。這小小的村落原本靜靜沉睡著，卻突然被圳溝裡奮力掙扎而濺起的水花聲驚醒！沒有人知道二弟是如何掉落水圳的，鄰居小孩嚇得拔腿奔逃回家，成為這個事件的唯一目擊，但巨大的驚惶與恐懼感讓他一時失語，等到他終於開口向大人報以實情時，二弟已墜落無盡暗黑幽冥。

就在那個下午，連大人究其一生都可能無法參透了悟的生死議題，如宇宙洪荒初始迸裂，在朱修華的腦子裡炸開了一個思索生命意義的大洞，也驟然粉碎了他還未嘗盡快樂的童年光陰。

家裡的大人當然不諒解，打他、罵他，認為他要為這個悲劇負責，而旁人即使嘴上不說，打量他的目光也盡是責怪。但他心裡很不平：「為什麼說是我害死弟弟的呢？」若母親不把錢放在枕頭底下，他就不會拿、也不會跑出去買吃的，弟弟也就不會出去找他們，而弟弟當時若選擇向左走，結局將會改寫。

六歲，還不懂人事的年紀，他就扛負著沉重的誤解，他不禁開始思索：人生是什麼？如果會死，為什麼要來到這世界？死亡又是什麼？大人都說要好好念書，但念書的目的是什麼呢？有人早死，有人晚死，遲早都會死，又為何要念書呢？

弟弟的死讓父母親悲慟的眼淚不止。他不解，大人不是向來威權嗎？他們的言語不是不可違逆嗎？只有小孩子做錯事被罵被打才會哭，為什麼大人此刻會如此悲傷呢？沒有人拿鞭子笞撻他們，他們卻像是被什麼巨大的力量撞擊了似的，哭得撕心裂肺痛斷肝腸。

原來，大人也怕死。

原來，大人威嚴的外在是一戳就破的紙衣。

他開始討厭所有權威性的各種表徵，他厭惡穿西裝打領帶的人、輕蔑且看透那衣冠楚楚底下赤裸裸的軟弱：「其實你們都怕死！」

生是什麼？死是什麼？他問父母，父母沉默不語；他問老師，老師緘默無言。他想：原來，我生下來，是為別人的死而哭，將來有一天我走了，換成別人為我的死而哭，那麼人生是多麼虛無？人死了以後，到底有沒有「以後」？那「以後」是什麼？那個藏在死亡後面的「真實」是什麼？人們都怕死，卻不敢談論，但死亡卻控制著人類，控制著我們的生命。

有一個晚上，全家人正一起吃飯，母親隨口抱怨：「養你們這些小孩好難好辛苦啊！」他當下不以為然地反擊：「是你們要把我生下來，又不是我要來到這個世界上的。」父母親一聽愣住了，平時很會罵孩子的母親驚呆靜默，而一向脾氣暴烈的父親也出乎意外地不發一語，母親丟下飯碗跑到房間裡開始哭泣，父親來回踱步沉思，沒有打他也沒有罵他，只叫他去跪著。後來母親整整哭了二星期，沒有和他說話。

小學時，他的成績不好，總是排在班上二十名之外，那個時代小學畢業是要報考初中的，老師很不客氣地直接對他說：「你這種成績考省中也考不上，你就不用報名了。」父親為此特地到學校去質問老師，結果無奈地回來。

「你到底考不考得上？」父親很急切地問他。

「考得上！」他很有骨氣地回答。

父親說：「那我們自己報名吧！」

後來他跑到防空戰壕裡認真讀了一陣子書，終於考上了省中。

沒想到上了初一之後，成績愈來愈跟不上，父母親又常吵架，家裡的氣氛讓人煩心，他索性不念書了。他想，生命就是留名而已，要留名，做壞事比做好事容易多了。於是他和同學自創了一個「五獅幫」。所謂的「幫」，其實不過就是幾個不愛念書的小孩，為隔絕現實的壓力所自築的一座私樂園，只為向重視表面價值的大人世界提出抗議；不但如此，他還開始和班上另一群不學好的小太保鬼混，試圖為消極徬徨的心靈找一個宣洩的出口。果然，耍混混的結果就是留級又被記過，父親這次很生氣，親戚看到他也指指點點。

內心的羞恥無法忍受得住外界蔑視的眼光，他萬念俱灰，在痛苦又深幽的生命迷宮裡來回穿巡，卻比以往更加徬徨困惑。

他跑到南投糖廠想臥軌結束生命，想知道「死」到底是什麼滋味？被火車壓成三段、肚破腸流的肉身會有什麼樣的痛苦？他想要感受死亡「之後」、不再活著的過程是什麼？他想要體會弟弟閉上眼睛永遠不再轉醒的感覺是什麼？

火車來了，他沒有勇氣躺下去。他終究也怕死！

被留級、被記過，想結束生命卻沒有勇氣，生不生，死不死，活著像行屍。就從那個時候開始，他不喜歡照相，也不敢照鏡子，他沒有勇氣面對真實的自己，因為他明白真正的自己也貪生怕死。他開始遁入大自然的神奧裡，一個人去爬山，面對大山大林的深沉廣袤與開闊壯麗，他可以覓得一方沉靜，不必回想生命中的悲劇、不必控告自己的軟弱、不用面對生與死的困惑；他可以在宇宙間恣意敞開心門、毫不遮掩真實的自己。

混混沌沌上了初二，莫名的緊張感與直覺讓他想要脫離那些小太保、小流氓，他覺悟到那些幼稚的逞凶鬥狠不過是一場荒唐的旅程，這旅程不會讓他留下英名，只會留下臭名。他想要趕緊離開這讓他快要窒息的環境，選擇真實的人生。

不念書，能做什麼呢？

朱修華平日裡常去教堂領救濟品，吃免費的甜甜圈、喝牛奶，但他不喜歡聽道理，總覺得那些道理束縛人，每次一聽到神父修女叫他領洗，他就一溜煙頭也不回地跑掉。

有一天，神父在主日彌撒中談到了聖召，同時鼓勵這些孩子們來服事上帝、服務社會與人群。就在那一刻，朱修華被絕望遮蔽的暗黑心室突然被這些話點亮了：原來我不是走投無路，我可以當神父！我的人生還有另外一個出口！能免費讀書，又能脫離荒唐的幫派生活，我沒有理由不去啊！

他未和家人商量，便逕自決定進修道院，走上聖職一途。

朱修華的父親曾是空軍醫官，有才華但並未善用，全靠母親辛苦努力持家，母親原本開了一間毛衣店，攢了一點錢，還在南投買了房子，但父親做生意失敗，不但房子被賣掉，屋漏偏逢連夜雨，母親的毛衣店也被偷，所有的機器與生財工具一夕被搬空，原本父親對他去修道院還持反對態度，但家裡經濟實在陷入困境，最後不得不讓他走這條路。

也許，去修院只是為了逃離，逃離空虛的環境、逃離爭吵多於歡笑的家庭、逃離那齣悲劇留下來的哀傷遺憾，但無論如何，從一個叛逆少年到天主教修院的學生，朱修華的生命在十四歲時出現了極端且戲劇性的轉折。

進修院後的某一天，母親突然跑來找他：「我想離家去台北！」朱修華沒有勸阻，反而鼓勵。他明白母親留在父親身邊是沒有出路的，唯有離開父親，心才能硬，才能展開自己的人生。那是一種置之死地而後生的決定，就像當初他下定決心離開那群小太保流氓一樣。那時母親全身上下的財產還不到三百元，但她還是勇敢地隻身北上，到處打工煮飯，辛勤打拚，靠著那三百元，母親後來甚至還在台北買了房子。

朱修華進了修院不久就發現，原來是要交學費的，但他哪裡有錢？當初本堂神父和父親說是免費的，如今他也不敢回家要，只好一直使出拖字訣。就在初中即將畢業前夕，修院的比利時籍院長神父突然對他說：「你母親離家，家裡的弟弟妹妹誰來照顧他們呢？我看你回去吧……你考慮一晚，明天中午答覆我。」朱修華聽了心裡很不是滋味，他想這可能是他交不出學費而想趕他走的藉口。

無奈與無助感夾襲，卻沒有辦法可想，也沒人可以商量，朱修華覺得這下真的走投無路了，當天晚上，他告訴自己：明天就回家吧！但他仍不放棄最後希望，虔誠祈禱：「主啊，若祢要我留下，請給我一個『記號』吧！」

第二天午飯前，照舊是靜默的時刻，他隨手翻開每天默想用的《崇修引》[1]四本經書裡的其中一本，突然有一些話跳到他眼前：「年輕人，不要以為回家可以幫這幫那，你若回家就是中計了。」這些話早不早晚不晚地出現，就像沙漠裡突湧現的泉水般帶給他一條活路，他頓時明白，這是天主給他的「記號」。

飯後，院長神父把他叫來問道：「你的決定怎麼樣了？」

「我不回家！」他口氣堅決毫無遲疑。

院長神父表情充滿驚訝，似想開口卻未開口，剎時雙方陷入了一股詭譎的沉默，各自懷揣著複雜情緒卻無法表達，僵硬的氣氛在空氣中凝結，那沉默的幾秒對朱修華而言，好像是一世紀那麼長。

1 《崇修引》為天主教靈修入門書籍，由西班牙羅特里修士所著，一九〇二年出版。

「好吧，那你留下來好好讀書吧！」沉默了許久，院長神父才吐出這句話。

進修院半年後，那些之前一起混太保的同學，都被學校開除了，朱修華對前途直覺的擔憂果然被印證，他因此躲過了與他們相同的命運，也改寫了自己的人生劇本。

朱修華一直很清楚自己當初進入修院的動機不怎麼正確，也從不避諱這歷程，走過氣血方剛的年歲，他漸漸明白這條路是有價值的，於是他修正了動機，一步一步慢慢真正走進信仰裡。若當初院長堅持：「不行，你一定要回家。」那他一定會離開，絕不可能再回頭從事聖職；而就算當下他告訴院長：「因為我看到一些話，所以決定不回家。」院長也必不肯相信。只能說，這一切都是在上帝的計畫裡。

前幾年，朱修華曾有機會去到比利時，他特地到這位當初試圖勸他放棄修道的院長神父墳前弔唁，遙想當年那個決定他一生的沉默瞬間。

愈親近朱神父，就愈能明白他個性裡的剛正耿直、疾惡如仇，以及他從不虛假客套的直接與真實。但他對信仰的單純與服事主的熱情，其實都藏在那些直來直往的行為與話語裡。

小學六年級時，他看見一位阿兵哥騎著腳踏車，後面有一位騎三輪車的阿伯，阿伯怕撞到前面的人，一邊騎一邊喊著：「車來了！車來了！」但阿兵哥置之不理，逕自悠哉騎著，結果阿伯閃避不及真的撞上了阿兵哥，阿兵哥被惹怒揪著老伯想打人，朱修華無懼對方個子比他高大一倍，跳出來主持公道：「是你不對，人家阿伯一直叫你閃你卻不閃，明明就是你不對還打人！」阿兵哥氣得轉頭要修理他，還好媽媽及時出現把他帶走。

當兵的時候，營長對他們說：「歡迎大家表達意見，說出自己心裡的想法。」

結果直率的朱修華真的跑去和營長建議：「你每次來視察，手都插腰，一付高高在上的樣子，讓人感覺很不好。」

「好！好！好！我以後會改。」營長不知是說真的還是敷衍他。

從挑戰威權到神職之路，朱修華看不慣一切不公不義，他勇於面對問題毫不避諱，也不懼怕直言的後果。在這漫漫過程中，或許曾與信仰裡的體制來回衝撞、與周圍的人事扞格不入，如今雖然已經七十歲了，但他那真實直率的個性始終沒有改變，這其中當然也有天主的保守，是天主一路憐憫他、帶領他，在面臨危機和走投無路時，為他打開另一扇窗，並在這漫長的過程與時間中淬煉成今日的他。

「我們要面對的是神，而不是人。」朱神父不只一次這樣對我說。

使徒保祿（保羅）曾說過一段話：「至於我，或受你們的審斷，或受人間法庭的審斷，為我都是極小的事，就連我自己也不審斷自己，因為我雖然自覺良心無愧，但我決不因此就自斷為義人；那審斷我的只是主。所以，時候未到，你們什麼也不要判斷，只等主來，祂要揭發暗中的隱情，且要顯露人心的計謀：那時，各人才可由天主那裏獲得稱譽。」（格林多

前書四：3-5／思高本；哥林多前書四：3-5／和合本）

我想，朱神父對這世界的企盼，應該就是全心依恃著天主無限的仁慈與憐憫，單純而正直地續行聖職之路，直到毫無畏懼地回歸到天父那裡，因為他並不在乎人們對他的評斷，他只想真實地對待人；他也不在乎汲汲營營塑造任何形象，而是把握時間在信仰裡勸誡人，因為，「那審斷我的只是主」。

他曾問過一個老神父：「神父啊，你說老實話，你真的想當神父嗎？」

「當然不是啊，是因為當初逃難，不得不做的選擇。」老神父很誠實地回答他。

修院的院長也曾和他說：「不要以為當神父很了不起，天主造就你做為神父，也許只為了一個人得救。」

他很明白，神職生涯本就是「半緣修道半緣君」，這才是真實的人生。

朱修華不是一開始就懂得如何當神父，也不是一開始就和天主如此契合，他也有懷疑、軟弱的時候。人就算打包了過去的種種，全心依歸了天主，在現世內也不可能不再犯錯，但教會總是會給人補贖的機會。「基督在我內生活，我在基督內生活，這就是與信仰天人合一的最高境界，但我到現在都還在學習。」朱神父說。

回首來時路，對生命的困惑與現世的疏離成為逃避的動機，在生命沒有出口、人生道路徬徨茫然的情況下，朱修華只能選擇走上神職一途。但漸漸地，天主美善與慈悲的吸引在他心裡紮了根，天主的呼召也在他的心中慢慢地呈現，雖然回應呼召的道路跌跌撞撞、充滿艱辛，但朱修華心甘情願，信服順從。

一直以為，馬祖只有海，沒有山。

一九八二年，老梅教堂的創堂神父文懷德因福傳工作心力交瘁病倒馬祖，不得不告別這個他曾為詩讚頌的美麗島嶼，也從此告別了奉獻一生的台灣，回到故鄉比利時。三十三年後，我的本堂神父朱修華福傳的腳步亦來到了馬祖，這神妙的巧合難道不是上帝的旨意嗎？

嚴冬，我獨自走在馬祖冷清的街道，全身包得嚴嚴實實，這裡酷寒濕冷的東北季風比石門老梅更張狂，吹得人雙手僵硬、臉耳刺痛，但腦袋卻異常清醒。比起台灣本島，這裡的氣候環境相對嚴峻與不便，年高七十的朱神父在這裡福傳，自是更加辛苦。

來到南竿天主堂，兩位修女在餐室門口洗著菜，要準備午餐，「朱神父帶教友去爬山了！」修女遠遠笑著對我說。

我打電話給神父，他正在山上採果。不到五分鐘，就看見他神采奕奕地和一群教友有說有笑地走進來，手裡提著一袋辛苦採擷的柳丁。原來，天主堂的後面便是山，只是那山並不高遠。

我們坐下來聊了近況，神父來這裡已一個月，對在這裡的福傳工作有好多想法，前幾日他還在和縣長討論，要規畫出一條有挑戰性的登山路線，讓觀光客來的時候可以多一個行程的選擇；天主堂的二樓堆滿了覆著厚厚塵埃的老舊書冊與宗教書籍，神父打算把它們全部搬到樓下，變成一座小小的圖書室，讓鄉親免費借閱。「北竿天主堂的書更多。」神父也想把北竿那裡的書籍有系統地整理出來，但是目前沒有人力，要找志工也難。此外，他也計畫在天主堂後方的空地上種果樹，一得空檔便自己動手翻土。午飯後，神父便在我們吃剩的柳丁果皮裡尋找被丟棄的種籽，準備拿到後院播種。

在我來的前一日，有二位越南新住民的孩子剛領洗。

神父告訴我，馬祖只有七位教友，傳統的信仰文化在這裡根深柢固，這種較功利性的相互依存關係，要去改變不太容易，相對的，福傳也有難度。「但神職人員的生命就是服務，只要有信仰，就能支持我們長久不衰，也許在地的馬祖人可以接受石姆姆[2]，但並不代表他們接納姆姆背後的那個信仰力量，不過沒有關係，天主會有祂的計畫，我們有權想，但沒有權問，只要我們盡了力，天主的恩寵何時會來，我們並不知道，天主在什麼時候會在不信祂的人身上顯現奇蹟和感動，也沒有人知道。」神父相信，當在地的文化不斷提升、人們體驗到源源不絕的建造時，就會感覺到天主的臨在。

「我相信，天主的意願會藉著人的意願去完成。」他說。

看著神父侃侃而談未來的工作，感覺他之前的付出會在這裡得到豐厚的賞報，那賞報也許是有形的福傳成效、也許是無形的美善扎根。

「從台北到這裡，心情有什麼樣的轉變嗎？」我問。

「過去的忘了就忘了吧！這裡有別的事要做。」神父表情很淡然。

我有一種感覺：南竿天主堂很小，小到教友只有七個，但神父卻能在這裡大器揮灑，這裡天地無限寬廣，他可以用最單純的心行天主要他行的事；可以親近他最愛的山，可以登高望遠，進入天人合一的境界。登山對他而言是一種休息，也是一種修行，大千世界裡，小至一朵花，大至天地都有它存在的意義，他可以隨心所欲地操控那種能放能收的專注，在過程中敞開心胸祈禱，把人生的負擔留在山腳下，用信仰的喜樂擁抱一切。

在馬祖的幾日，我意圖尋找文懷德神父留下的事蹟與紀錄，但很不巧的，「夫人咖啡館」的老闆娘王春金女士去了台灣，她的父母親對文神父也無印象；我在馬祖的街道上一路尋找上了年紀的老人家探問，除了一間軍用品店的老闆娘還記得文神父之外，其餘一無所獲。我難免有些悵然，那些三十三年前的福傳往事，恐怕早已隨著當地耆老的凋零而被遺忘。

---

2 石姆姆／石仁愛，比利時聖母聖心傳教修女會修女。一九六六年到達台灣，一九七六年到馬祖開設診所，提供接生與醫療服務，馬祖人暱稱她為：姆姆。一九九五年獲第五屆醫療奉獻獎，二〇〇一年離開馬祖，為在地人奉獻二十五年。二〇一〇年六月四日病逝於比利時，被譽為台灣的「德蕾莎修女」。

回台北之前，我約了神父和修女吃飯。來到天主堂，聽見後院傳來輕快愉悅的口哨聲，原來神父正在翻土。他放下忙到一半的工作走了出來，我看見他的藍色夾克和灰色褲子都沾滿塵泥，黑色雨靴也黏著一塊一塊土黃色的泥巴，神父就這樣大剌剌地向餐廳的方向走去，一旁越南來的阮修女大驚：「神父，不可以，去換一雙鞋子再走啊！」

「唉呀沒關係啦！」神父說。

「不行啊，你是神父，不可以這個樣子出門啦，去換一雙鞋子再走啦！」修女露出潔白牙齒輕笑卻不讓步。他們就這樣一來一往，在換與不換之間槓了四、五回，終於神父認輸了：「好吧好吧，修女說要換，我就去換！」神父轉身走進屋內換鞋，我和修女相視大笑。

神父一向不拘小節。記得在台北時，有次做完彌撒領完聖體，神父要用折布擦拭聖杯，但裡面可能還有一些碎屑，我看見神父竟用食指伸向聖杯裡，一邊挖一邊往嘴裡送，連指頭上殘留的都被他吸吮得乾乾淨淨。一般神父不可能會這樣做，更遑論是站在祭台上，底下還有數百隻眼睛在盯著你。

人生總是不停地做選擇，偶然與巧合，交織出或悲或喜的機緣樂章。

向左走？還是向右走？在每一個當下，我們都必須做決定，但那個當下一旦過去，所有的瞬間都成了歷史，誰都無法重新做選擇，也無法重來一遍。我們永遠不能預知當下的決定會造成如何的後果，但我們畢生無時無刻都必須去承載那個決定之後的結局，無論是痛苦、無奈、快樂、悲傷……但過去都屬過去了，不論有無信仰，我們終究要從過去的甘或苦中淬取前行的力量，繼續人生嶄新的腳步。

「所以誰若在基督內，他就是一個新受造物，舊的已成為過去，看，都成了新的。」

（格林多後書五：17／思高本；哥林多後書五：17／和合本）

馬祖有山，也有海。

天地是如此遼闊，海水是如此寬廣。

也許，朱神父在翻土的同時，他的心境也隨之翻攪了一遍，把人生過去的種種都翻出來攤在陽光下，無論是死亡、逃離或是誤解、失望，都將被溫暖的陽光一一融蝕！而那日從柳丁裡取出的粒粒種籽，將成為天主堂院落裡長出的第一批新芽。

彌撒儀式中只有朱神父和二位修女，我在台前讀經，那一刻，我感覺天父已全然接納了我。

石姆姆，石仁愛修女，在一九四七年便到達中國服務，之後被驅逐出境，來到了台灣奉獻餘生。

在這個離島的教堂，神父為新住民的孩子付洗，開始了福傳工作。

第十章

重生

一只領洗證所開啟的回溯之旅

九月五日

「早上請三芝堂區的姐妹幫我查了老梅教友受洗的名冊，妳媽媽聖名瑪利亞。妳姐姐聖名依撒伯爾，她倆人於一九六七年三月二十六日由廣天義神父付洗。名冊裡沒有妳的名字，或許那時候妳太小，歡迎妳也成為我們的教友。」

早上在手機看到郭霞媽媽傳來這樣的訊息，心裡震了一下。怎麼可能？明明我受過洗，印象中也記得有一張泛黃褪色的受洗證明，上面寫著聖名亞納，這兩個字像一塊鐵烙的印記，從童年一直印刻在腦海直到現在，我不可能會記錯啊！

而廣天義神父又是誰？

我一邊謝過郭霞媽媽，一邊回頭向母親求證：「我和妳及二姐是同時受洗嗎？」

「是啊！」

「那為何沒有我的資料？」

「我記得我抱著妳，神父好像在妳額頭上點了水！」母親說。

「妳確定我有受洗嗎？」我很懷疑。

「應該有吧！」母親被我一問，口氣也變得不確定了。

怎麼會這樣？不但我的受洗證明找不到，連到底有沒有受洗都不能確定！難道我錯誤地以為自己是天主的女兒？而這錯誤竟然延續了四十七年之久！如果我不是亞納，我是誰？如果我不曾受洗，那張泛黃的領洗證明又怎會如此鮮明地封存在我的記憶裡長達數十年之久？

好友是虔誠的基督教徒，我告訴她教堂的受洗名冊裡沒有我的名字，同時我對自己的信徒身分也有著無比的恐懼和懷疑。

她是這麼回應我的：「耶穌被釘在十字架上時，同釘的右盜對祂說：『你的國降臨的時候，求你紀念我！』耶穌說：『我實在告訴你：今日你就要同我在樂園裡了！』耶穌把天國都應許給悔改的右盜了，何況是妳！天主也不會因為妳沒有受洗證明，就不接受妳成為祂的女兒！也許人間的名冊裡沒有妳的名字，但上帝的名冊裡早已為妳預備好那一頁了。」

我當然明白：那領洗證明只是一張紙，只有真正發自內心的信仰才是最強大的見證。但那張紙彷彿底蘊著我的生命意義與存在價值，沒有它，我的人生不完整。

九月二十日

想起一個多月前，第一次以信徒之姿重返教堂時的悸動。

比起溫馨靜謐的四腳亭露德聖母朝聖地，台北這處大教堂，更像是一座巍峨的聖殿。那無比莊嚴肅穆的氛圍，總讓人覺得自己的渺小與卑微，彷彿自己的存在會褻瀆了它的聖潔；

同時，好多好多的惶惑，在心裡最底層的角落織結了細密的蛛網，將我團團包圍。

重返教堂到現在，所有的教友和神父都提醒我同一件事：即使我曾受過洗，但已有幾十年未進教堂，必須先辦「和好聖事」，也就是向神父認罪告解，才能領受聖體。

我不解。

我一直以為，認罪和告解是一種無稽的自由心證，生命與心靈的罪要如何認定？要「認」到什麼程度才能獲得上帝赦免？如此就能證明這個人的虔誠和信仰的堅定嗎？如此就能告別過去獲得救贖迎向新生嗎？

要把五十年生命中的罪與惡完全攤開在一個陌生人面前，我心裡充滿抗拒！

況且，我還沒完全準備好要「真正」踏入信仰。

我必須弄明白：現在的我真的是我心之所嚮往的嗎？我是真誠地想要進入天主的懷抱，還是只是因為書寫？我到底是因為真正渴望信仰，還是因為生命已瀕臨匱乏崩壞，為了逃避現世，以書寫之名利用了信仰？

弔詭的是：每當聽到教友真誠懇切地對我說：「天主愛妳！」這四個字時，我卻總會不由自主地流淚，那眼淚裡充滿了不敢置信與不可承受之重的感動。

我不十分確切地知道這感動到底是來自對信仰的真實相信與盼望？是一種自我被肯定的觸動？是覺得自己不配獲得這份愛？抑或是這句話填補了我四十幾年來心靈深處最空虛困乏

的那一塊？

十月十八日

有一個念頭一直在心裡發酵：我想去馬祖！

老梅教堂的創堂神父文懷德曾在馬祖服務八年，我很想要知道更多關於他的愛德與事蹟，但我太了解自己了，我永遠是想法多過做法，消極多過積極。

過去幾十年來的每一次行旅，都有家人的陪伴，即使是出差，也有同業相隨，我從來不曾一個人離開台北，出走到遠方好好沉澱自己。一半是因為膽怯，總覺得那樣的出走需要莫大勇氣；一半是因為放不下所有的牽掛，包括工作、家庭、親人。但如今的我，隨著尋根旅程的細究深探，想去馬祖的心愈來愈強烈，強烈到覺得那些膽怯與牽絆似乎都不復存在了。

有關文神父在馬祖的事蹟，除了有位林保寶修士在《馬祖天主堂紀事》一書裡稍有提及外，其它的相關資料著墨不多，我鼓起勇氣直接打電話到馬祖南竿天主堂詢問，電話是來自西班牙的蘇佐隆神父接的，向他說明來意後，他建議我可以去問問「夫人咖啡館」的老闆娘王春金。

電話那一頭的春金感覺是個爽朗熱情的人，她知道文神父，但並不熟悉，因為神父在馬祖的時候，她還很小。但她一口答應幫我打聽看看，也同時建議我去找一位鄭修女：「她在馬祖待過，可能知道一些文神父的事蹟。」

我依著王女士的建議在鄭修女的臉書上留了言，很快的，修女回覆了我：「很高興接到妳這意外的訊息，但可惜要告訴妳，文神父離開馬祖後我才去馬祖，所以沒與他共事過。祝福妳的工作順利成功，最重要的是妳要把天主給妳的寶貴信仰找回來，我會為妳深深祈禱。」

我細細咀嚼修女的話，我想，她是要提醒我不要只看人的作為，而是要去了解：是什麼樣的神讓人改變？那後面的動力才是最重要的，沒有後面的感動，人沒辦法做到。

她希望我找回真實的信仰。

我其實很想和修女說：我只是因為純粹的感動而書寫這些人與故事，我個人的宗教信仰歸屬還沒確立，一切都還不能定論。

但我心裡十分清明：這些日子以來，我已慢慢感受到一種奇妙的光照一點一滴地涓流入心裡，那是極其細微且無法言喻的感受，是來自文懷德、巴昌明神父與郭霞媽媽和明珊姐的信望愛德與見證。

如今又多了一位素昧平生的修女要為我祈禱，信仰的大門似乎已為我開啟，但此刻的我依舊站在門外躊躇猶疑。

這本書最終會呈現什麼樣的結局?我不知道。

十一月十五日

尋找領洗證明的過程很不順利,除了和老梅堂所屬的聖母聖心會連絡過外,堂區朱修華神父也請教友幫忙連繫北海岸的三芝和金山堂(此兩堂駐堂神父為王佳信神父,他同時兼管老梅堂),王神父和那邊的教友知道我的情形後,非常熱心地幫我在兩堂翻找塵封四十餘年的舊檔案,但日子一天天過去,始終沒有進展。

一種落寞和慶幸交織的複雜感覺在我的心秤裡擺盪。

在信仰的大門外徘徊遲遲不敢進去,是因為我知道:當我進入天主的懷抱,我必將告別並捨棄過去那個陰暗、腐朽、悲觀、冷漠的我!而我,似乎還眷戀著現下與過往,陷溺在那早已不流動的死水裡,沒有勇氣接受信仰的洗滌,以全然聖潔的心靈迎接嶄新的生命。我甚至想:領洗證明找不到也好,因為我始終沒有準備好、始終無法鼓起勇氣去告解。

說穿了:我害怕面對那個蛻變之後翩然重生的「我」!

以前的我,是個冷漠的旁觀者,總是躲在陰鬱的一隅窺探人性的暗黑;以前的我,生命裡沒有「分享」這兩個字,我從來不願意對別人剖析我的內心世界與真實感受,因為人生所有的酸甜苦辣，我要自己品嘗、自己領略，我要用我的方式去咀嚼生命的所有況味，我把心房鎖得嚴嚴實實，就像母親鎖上了老梅的所有記憶一樣。

但自從認識了郭霞媽媽、明珊姐，發掘出許多神父的愛德事蹟後，我開始重新省思一個人的生命價值到底是什麼？而隨著接觸到更多令人感動的人與事時，我剛硬的內在好像也變得愈來愈柔軟。

這些人對信仰的熱忱彷彿點燃了我暗黑生命裡的燭光，我變得容易受觸動、容易流淚、容易為別人的遭遇而心疼。以往那顆看似堅硬的心，慢慢開始軟化了，那躲在冷漠後面的殘缺靈魂，好像也被上帝慈愛溫柔的手給撫慰了。我似乎對自己的生命開始有了盼望，感覺好像有很多事情等著我去做。

今日彌撒結束後，一位教友對我說：「近日堂務繁多，需要志工協助，妳來幫幫我們吧！」她的眼神充滿殷切，等著我給她回答。

「妳來幫幫我們吧！」

這句話如雷擊般猛烈打中我的心。這是天主在召喚我嗎？這是不是將印證朱神父對我說的：「也許天主要妳做點什麼！」

突然，一種對生命的熱望在心裡撩動著！

我似乎不像自己想像的那麼冷酷與軟弱，想要突破的勇敢一直存在我的內心深處，但我總是受到環境的制約與牽絆，放大了它對我的綑綁；我總是太過重視別人對我的看法，走一步退兩步；我總是低估了自己的能力、害怕爭取自己的目標，躲在暗處猶豫不決，想進不敢進、想退又不甘心。

堅定不移的勇敢，一直存在暗沉晦澀和自我模糊的意識裡。

十二月三日

一大早，三芝堂的王佳信神父傳來簡訊：「好消息，終於找到妳的領洗證，妳的爸爸是不是×××？媽媽是×××？一九六八年在老梅銘德一村領洗？」

睡眼惺忪的我看見這訊息馬上清醒了一大半，心臟快要從喉嚨跳出來，我回神父：「沒錯。」

神父第一時間打電話給我：「我們在三芝堂找到資料了，因為上面只有妳的姓，沒有名字，而且是用拉丁文寫的，我們的祕書看不懂，所以才花了那麼多時間找。妳是在一九六八年五月十日由文懷德神父付洗的，聖名是亞納。」

神父用手機拍下了受洗證明傳給我，那本載滿了受洗者資料的綠色《聖洗錄》，側面的外皮已經剝落不堪，好像再多翻幾次就會散了，而在我那一頁的受洗證明上，的確清楚寫著我的姓氏、出生年月日、父母親的名字以及受洗日期，這些都是用黑筆記錄的，唯獨我的名字部分是藍色原子筆的筆跡，看得出來是神父剛才添加上去的。

我再三端詳這頁領洗證明，情緒激動不已。

亞納！那個深烙在我記憶、雋刻在我心扉的兩個字，此刻真真實實地出現在這一頁聖洗錄中。它終於證明了我是天主的女兒，一直都是，而那付洗證明最下面的簽名是：Remi VAN HYFTE。

是的，這是文懷德神父的名字，是他在一九六八年五月十日那天簽下的名字。原來我的確受過洗，卻不是和母親與姐姐同一天；原來為我付洗的不是巴昌明神父、也不是為母親及姐姐付洗的廣天義神父，而是文神父！

神父啊！你可知道四十七年前曾為她點聖水付洗的三歲小女孩，等這一刻等了多久？

我看著翻拍自教友的文神父舊照，一顆心與眼眶漸漸脹熱，再也按捺不住的淚水開始狂流。

記得第一次看到文神父的照片時，我便有著奇妙而莫名的感動，一方面是感佩他一生奉獻給天主的崇高聖德與愛德，另一方面總覺得照片中的文神父彷彿在默默注視著我，似乎有話要對我說。而幾個月後的此刻，我望著他那張飽含溫厚慈愛的臉龐，竟似溢著一抹欣慰的微笑。

若是文神父還在，我想我一定會抱著他痛哭一場。找回了領洗證、找回了信仰的根，彷彿也同時找回三歲時的我，找回那最單純無偽飾的真實歲月。

一種無法言喻的奇妙感覺湧上心頭，所有過去生命中解不開的結，似乎被這充滿神蹟的美好結局給打開了。

十二月十三日

心情的激動久久不能平復，突然感覺這世界充滿了希望，而我的人生也將會有不同的風景。

台北堂區的祕書問我要不要把老梅堂的教友戶籍轉過來？我當下沒有多想，只回答說好。但就在主日彌撒前，我回想起這數月來充滿神妙的尋根旅程，才驀然驚覺：找到領洗證明也許不是我最終期盼的，我心裡其實還有一個更大的想望：

老梅天主堂，一個被時空賦予豐沛意涵的神聖殿宇。它是文懷德神父奉獻無限愛德的地方、是郭霞媽媽數十年堅守信仰的聖地、是明珊姐傳承特殊教育的葡萄園、是一個三歲女孩信仰生命的起點，是我和母親最壞、也是最好的時代。

我想和郭霞媽媽一樣，把教友戶籍留在那裡！

因為我相信，老梅聖堂定會有重啟的一天。

國境之北，我遇見了愛。

祂藉由婆婆的死亡，讓我走進四腳亭，感受到那深遠而聖潔的靜謐，起心動念去回溯信仰與生命的源水；祂讓我敬仰於黃金晟神父的聖召、動容於文懷德、巴昌明神父的愛德、感佩郭霞媽媽堅定的信仰與明珊姐無私的愛，並讓我體悟到朱修華神父極其單純的牧者心懷。更重要的是，祂藉由讓我進入他們的生命故事後，一層層撥開了自己偽飾的外衣，重新檢視「本我」的真實面目，讓我省思過去五十年人生所有的美麗與哀愁，重新找回自己的生命價值。

祂早就在生命冊裡註記了我、計畫好我的道路，並選擇了一個最好的時機，讓我丟棄以往所有的混沌與破敗，與祂相遇。

此刻，我願靠著信仰整拾人生道路上的瘡痍，補綴生命裡曾經的破損，但這並不代表以後不會再面臨挫敗，因為我知道：生命本就是充滿了磨難！

就如同這本書裡的每個角色，或在童年、青年或中年的不同階段，遇到了生命中最困厄的各種處境與意外，那過程也許充滿了惶惑、痛苦、絕望與悲哀，然而當他們的生命看似無法前進時，是信仰撫慰了這些受傷的靈魂，是堅定的信念帶領他們繼續前行那不盡完美的人生道路。

「信德是所希望之事的擔保，是未見之事的確證。」以前，我一直不太懂這句話的深刻含義，但在他們的身上，我得到了印證。一幕幕場景像永不靠站的列車一樣飛快駛過我的腦海：母親奔波在老梅山徑的勇敢身影、婆婆蹲在我面前為我洗腳的憐愛神情、文神父為中風老婦洗澡的慈悲雙手、郭霞媽媽守護教堂的堅強背影、黃金晟神父在勞改營忍受刑求的剛強意志、明珊姐對慢飛天使的溫柔呵護，以及朱修華神父在馬祖南竿的辛勤播種……，這些動人而深情的畫面早已化為雋永，與我五十歲的生命交織在一起，為我、為聖名叫做「亞納」的下半場人生，開啟了另一個嶄新的未來。

我深深相信：當年為我付洗的文懷德神父，用他那布滿皺紋的聖潔雙手，以及天主賦予他的神聖權柄，為一個三歲小女孩預備了最強大的信念與力量，讓她在四十七年之後，得以用最真誠懇切的文字，娓娓道出一段段真實而動人的生命見證。

十二月二十五日

台北到馬祖，兩百七十五公里的距離。

人生第一次一個人的遠行，在五十歲這年。

螺旋槳小飛機降落在馬祖南竿機場，雖非龐然大物卻如鷹蓄勢。

我鼓起此生最大的勇氣，獨自背起行囊踏上一個人的旅程，沒有恐懼、沒有懷疑、沒有擔慮，而是充滿了喜樂與平靜。這裡，是當初為我付洗的文懷德神父福傳工作的終站，也是我真正重返信仰的開始；這裡，不是追尋自我生命價值的完結，而是邁開大步、勇敢展開下一個旅程的起點。

就在耶穌誕生的這一天，我在馬祖南竿天主堂辦了告解，並從朱修華神父手中領受了聖體。

於老梅聖堂領洗四十七年之後。

四十七年前，文懷德神父為三歲的我付了洗。照片裡他那慈愛溫柔的眼神在凝視著我，彷彿要對我訴說些什麼。

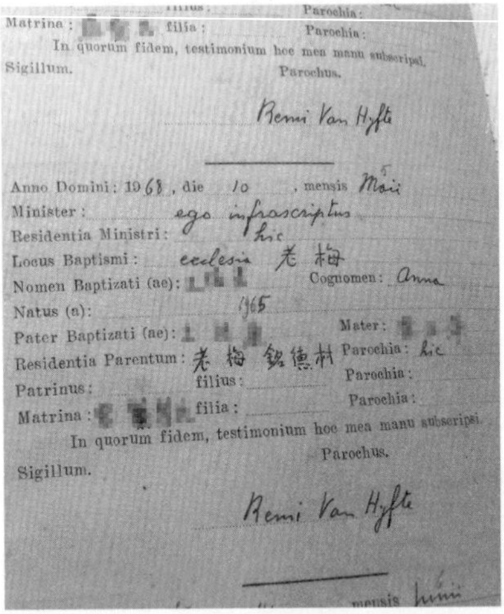

Matrina: [redacted] filia: Parochia:
In quorum fidem, testimonium hoc mea manu subscripsi.
Sigillum. Parochus.
Remi Van Hyfte

Anno Domini: 1968, die 10, mensis Maii 5
Minister: ego infrascriptus
Residentia Ministri: hic
Locus Baptismi: ecclesia 老梅
Nomen Baptizati (ae): [redacted] Cognomen: Anna
Natus (a): 1965
Pater Baptizati (ae): [redacted] Mater: [redacted]
Residentia Parentum: 老梅 銘德村 Parochia: hic
Patrinus: filius: Parochia:
Matrina: [redacted] filia: Parochia:
In quorum fidem, testimonium hoc mea manu subscripsi.
Parochus.
Sigillum.
Remi Van Hyfte

空白了四十七年的領洗證，下方有文懷德神父的簽名，刻意模糊我的名字，是為了彰顯他的愛德、神的恩典。

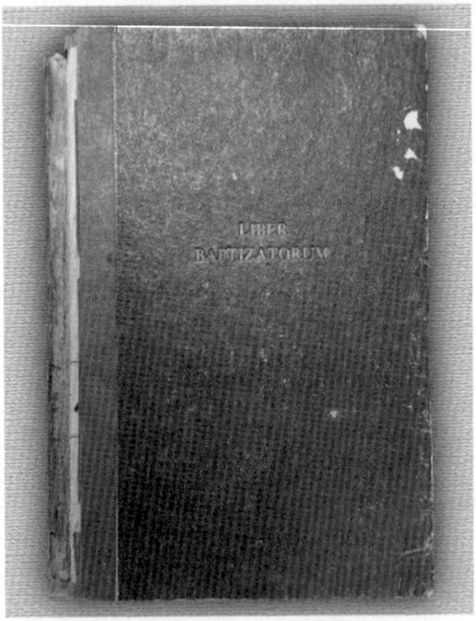

這本斑駁的綠色聖洗錄，至少已有近半世紀的歷史，自老梅教堂關閉後，便由三芝天主堂保存至今。

獻給父親・母親

VIEW0040

國境之北・遇見愛

作　者─瑪亞納
主　編─李筱婷
美術設計─Eton
執行企劃─李昀修
總 編 輯─曾文娟
董 事 長─
總 經 理─趙政岷
出 版 者─時報文化出版企業股份有限公司
10803台北市和平西路三段二四〇號七樓
發行專線／（02）2306-6842
讀者服務專線／0800-231-705、（02）2304-7103
讀者服務傳真／（02）2304-6858
郵撥／1934-4724時報文化出版公司
信箱／台北郵政七九～九九信箱
時報悅讀網─www.readingtimes.com.tw
電子郵件信箱─ctliving@readingtimes.com.tw
新潮線臉書─https://www.facebook.com/tidenova?fref=ts
法律顧問─理律法律事務所 陳長文律師、李念祖律師
印　刷─盈昌印刷有限公司
初版一刷─二〇一六年十一月十八日
定　價─新台幣三二〇元
行政院新聞局局版北市業字第八〇號

時報文化出版公司成立於一九七五年，
並於一九九九年股票上櫃公開發行，於二〇〇八年脫離中時集團非屬旺中，
以「尊重智慧與創意的文化事業」為信念。

國家圖書館出版品預行編目（CIP）資料

國境之北・遇見愛 / 瑪亞納著 . -- 初版 . -- 臺北市 : 時報文化 , 2016.11
面；　公分 . -- (View ; 40)

ISBN 978-957-13-6826-9(平裝)

855　　105020516

ISBN 978-957-13-6826-9
Printed in Taiwan